suhrkamp taschenbuch 1198

Hermann Hesse, am 2. Juli 1877 in Calw/Württemberg als Sohn eines baltendeutschen Missionars und einer württembergischen Missionarstochter geboren, 1946 ausgezeichnet mit dem Nobelpreis für Literatur, starb am 9. August 1962 in Montagnola bei Lugano.

Seine Bücher, Romane, Erzählungen, Betrachtungen, Gedichte, politischen, literatur- und kulturkritischen Schriften sind mittlerweile in einer Auflage von mehr als 60 Millionen Exemplaren in aller Welt verbreitet und haben ihn zum meistgelesenen europäischen Autor des 20. Jahrhunderts in den USA und in Japan gemacht.

Dieses 1907/8 entstandene und 1944 erstmals veröffentlichte Romanfragment ist, obwohl es mit dem dritten Kapitel abbricht, dennoch eine vollgültige, in sich geschlossene Erzählung. Hesse zeichnet hier die Entwicklungsgeschichte eines Schülers, der von seinem Vater zum Theologen bestimmt ist. Doch Bertholds Konstitution, Temperament und vielseitige Begabung geraten schon bald mit dem eingeschlagenen Berufsweg in Konflikt. Im Verlauf seiner Ausbildung am Kölner Priesterseminar bringen Eros und Eifersucht den Studenten so sehr aus dem Gleichgewicht, daß er sich nur auf gewaltsame Weise zu befreien vermag. Als Söldner flieht er in den Dreißigjährigen Krieg. Dort verlieren sich seine Spuren.

Zwanzig Jahre später hat Hesse diesen Stoff, der den Konflikt zwischen Geist und Eros zu vereinbaren sucht, wieder aufgegriffen und ihm in »Narziß und Goldmund« seine definitive Gestalt gegeben.

Über den Schluß der Erzählung »Berthold« schrieb Eduard Korrodi 1945: »Dies Ende ist wohl das ungewöhnlichste, das Hermann Hesse je geschrieben hat. Der Dichter ließ es beim Fragment bewenden, das von Leidenschaften unheimlich vibriert . . . Das Bild dieses sinnierenden Unholds und Kraftmenschen, der ein ebenso gewalttätiger Humanist wie Nihilist hätte werden können, bleibt ebenso haften, wie es begreiflich ist, daß ihm der Dichter nicht in den Schatten der Fahnen folgen wollte. Er ist zu sehr an sein Unerforschliches herangekommen. Das genügt ihm und den Lesern, die Gut und Böse in unheimlichem Bündnis sehen.«

Hermann Hesse
Berthold

Erzählung

Suhrkamp

Geschrieben 1907/08.
Erstdruck in *Neue Schweizer Rundschau*,
Zürich, 1944/45.
1945 als Einzelausgabe, Zürich.
Umschlagmotiv nach einem Aquarell
Hermann Hesses.
Redaktion: Volker Michels.

suhrkamp taschenbuch 1198
Erste Auflage 1985

Suhrkamp Taschenbuch Verlag
Satz: LibroSatz, Kriftel/Taunus
Druck: Ebner Ulm · Printed in Germany
Umschlag nach Entwürfen von
Willy Fleckhaus und Rolf Staudt

1 2 3 4 5 6 – 90 89 88 87 86 85

Berthold

I

Die ersten Jahre seines Lebens sind in Bertholds Erinnerung völlig verlorengegangen. Wenn er in seinen Mannesjahren jener Zeit gedachte, sah er sie nur als ein zerrinnendes Traumbild gestaltlos in goldenen Nebeln schweben, dem Erwachten ferne und unbegreiflich. Geschah es, daß er verlangende Arme des Heimwehs danach ausstreckte, so klang ihm wohl ein sehnlich lindes Wehen aus dem verlorenen Lande herüber, an versunkene Gebilde und Namen rührend, deren aber keines und keiner mehr in seiner Seele Leben hatte. Auch das Bildnis der jung gestorbenen Mutter ruhte schattenhaft und unwiederbringlich in dieser dämmernden Tiefe.

Bertholds Erinnerungen begannen mit der Zeit seines sechsten oder siebenten Jahres.

Da lag im grünen Flußtal die Stadt, von Mauern umfangen, eine kleine deutsche Stadt, deren Namen weiter draußen im Reich niemand kannte, ein verlorenes und ärmliches Nest, das doch seinen Bürgern und Kindern eine Welt war und den Reihen der Geschlechter Raum zum Leben und Raum zum Begraben bot. Die Kirche, in einer früheren wohlhabenderen Zeit erbaut und nicht dem Anfang gemäß vollendet, sondern notdürftig bedacht und nur mit einem sparsamen Holzturm versehen, der auf dem Dache ritt, stand in ihrer Verwahrlosung und unnötigen Größe gleich einer Ruine inmitten der kleinen Häuser, trauerte mit ihren schön gemeißelten, hohen Portalen und predigte Vergänglichkeit. Davor auf dem Marktplatz, der groß und sauber gepflastert war, spiegelten sich die bescheidenen, aus Fachwerk oder auch ganz aus Holz gebauten Bürgerhäuser mit spitzigen Giebeln in der gewaltigen steinernen Schale des Marktbrunnens. Von den Toren war das südliche gering und niedrig, das nach Norden schauende aber stattlich und hochgebaut, und hier wohnte in Ermangelung eines Kirchturmes der Feuerwächter und Türmer. Man sah ihn zuweilen, einen müden und schweigsamen Mann, in seiner Höhe still und ungesellig die schmale Galerie abschreiten und wieder in sein Gehäuse verschwinden, und es war Bertholds erster Knabenwunsch gewesen, einmal an dieses Mannes Stelle zu sein und mit dem Horn am Gürtel Türmerdienst zu tun.

Mitten durch das Städtlein rann der schmale, schnelle Fluß. Sein oberes Tal war eng, zwischen zwei Züge waldiger Berge gedrängt, und bot nur für einige flache Äcker, eine alte stille Landstraße und berganwärts für wenige, abschüssige und magere Wiesen Platz. Dort draußen hatten nur einige Häusler ihre hölzernen Hütten stehen, auch lag dort nahe am Wasser verfallend und von den Städtern mit großer Scheu gemieden ein Pesthaus, vor langer Zeit bei einer großen Seuche gebaut.

Flußabwärts hingegen führte ein wohlgehaltener Weg bald dicht am Ufer, bald durch Kornland und Wiesen das Tal hinab, das nach kurzer Weile breiter und fruchtbarer wurde. Die Berge flohen auf beiden Seiten zurück, einem breiteren und fetteren Boden Raum gebend, und bald tat sich eine gar schöne, sonnige Talebene auf, durch eine Krümme vor dem Nordwind beschützt. Während oberhalb sowie auch schon eine kleine Stunde weiter abwärts das Tal arm und rauh war und der ganze Reichtum des Landes in den Bergwäldern bestand, prangte hier still und abgeschlossen ein kleines Land mit Frucht und Obst wie ein Paradiesgärtlein zwischen den grünen Bergen. Inmitten lag breit und satt in wohligem Frieden ein Kloster samt Meierei und Mühle, und wer müde auf der Talstraße vorüberwanderte und hinüberschaute und in dem erhöht gelegenen Garten unter laubigen Bäumen die Brüder in weißen Kutten langsam wandeln sah, dem mochte der friedsame Ort eine köstliche und gesegnete Zuflucht scheinen.

Den fröhlichen Wiesenweg von der Stadt zum Kloster hinab wanderte in seinen Knabenjahren Berthold fast jeden Tag. Er ging im Kloster zur Schule, und es war von seinem Vater bestimmt, daß der Knabe in den geistlichen Stand treten sollte. Denn nach dem frühen Tode der Mutter hatte er seinen ersten Sohn vorzeitig in die Fremde gelassen, die den unbändigen Jüngling verlockte, und er war, statt seinem Handwerk nachzugehen, verwahrlost und in der Ferne bei schlimmen Händeln zugrunde gegangen. Darauf hatte der Vater, seiner eigenen unsteten Jugendzeiten und ihren Verfehlungen gedenkend, sich gelobt, den zweiten Knaben besser zu bewahren und womöglich einen Priester aus ihm werden zu lassen.

Eines Tages im Spätsommer kam Berthold, noch ein kleiner Schulknabe, vom Kloster her heimwärts gegen die Stadt gegangen und besann sich auf Ausreden für seine Verspätung; denn er hatte unterwegs sich eine gute Stunde lang im Beobachten der Wildenten vergessen. Die Sonne war schon hinterm Berg und der Himmel rot. Und während der Knabe auf seine Entschuldigung bedacht war, ging sein junger Verstand gleichzeitig andere Wege. Der Lehrer, ein alter Gelehrter und Sonderling, hatte ihm heute von Gottes Gerechtigkeit erzählt und sie zu beschreiben und zu erklären unternommen. Diese Gerechtigkeit schien dem Berthold eine wunderbare und verwickelte Sache zu sein, und die Beispiele und Erklärungen des Paters genügten seinem Bedürfnis nicht. Zum Beispiel um die Tiere schien Gott sich nur wenig zu bekümmern, oder warum fraß der Marder die jungen Vögel, die doch auch Gottes Geschöpfe und unschuldiger als der Marder waren?

Und warum wurden die Verbrecher gehängt oder enthauptet, wenn doch die Sünde ihren Lohn in sich selber trug; und wenn doch alles, was geschah, seine Wurzel und Zulassung in Gottes Gerechtigkeit hatte, warum war es dann nicht ganz einerlei, was einer tat oder unterließ?

Aber alle diese kindlichen Zweifel und Gedankenversuche erloschen spurlos wie die Spiegelbilder der Dinge in einem plötzlich vom Wind bestrichenen Teich, als Berthold das Tor erreichte und mit schnell ermunterten Sinnen wahrnahm, daß in der Stadt etwas Ungewöhnliches geschehen sei.

Noch wußte er nichts und sah nur die wohlbekannte Torgasse im warmen Widerschein des glühenden Abendhimmels liegen; aber so stark ist im Menschen die Macht der Gewöhnung und der Gemeinschaftlichkeit, daß selbst ein Kind jede Störung hergebrachter Ordnung sofort mit feinen Sinnen erfühlt, noch ehe es die Ursache erfahren oder mit Augen gesehen hat. So bemerkte Berthold im Augenblick, es sei in der Stadt etwas Besonderes im Gang, obwohl er nur das Fehlen der Kinder und Frauen erkannte, die sonst die abendliche Gasse mit Spielen und Geplauder zu erfüllen pflegten.

Doch wenige Augenblicke später vernahm er schon entferntes, leis tosendes Wogen vieler

Stimmen, undeutliche Rufe und trommelndes Geklapper von Pferdehufen, unbekannte und erregende Töne einer Trompete. Ohne mehr an seine Verspätung und an die Heimkehr zu denken, lief er trabend durch eine enge, steile und schon dunkelnde Nebengasse zum Marktplatz hinauf. Hastig mit heißem Kopf und stürmisch schlagendem Herzen trat er zwischen den hohen Häusern auf den noch ganz lichten Platz hinaus, von wo ihm vielfältiger Lärm entgegenscholl. Ungewohnte Bilder traten gehäuft und hinreißend seinem gierigen Blick entgegen, und ihm schien aus Reichen der Sage her alle Mannigfaltigkeit und alles Abenteuer der Welt plötzlich zauberhaft mitten in das alltägliche Leben gedrungen zu sein.

Auf dem Marktplatz, wo an anderen Tagen um diese Feierabendstunde nur spielende Knaben, wassertragende Mägde und rastend auf den steinernen Vorbänken ihrer Häuser sitzende Bürger zu sehen waren, gärte jetzt ein grelles, heftiges Leben. Es war eine Schar fremdes Kriegsvolk angekommen, Landsknechte und berittene Offiziere, Troßbuben, Marketender, buntes Weibervolk. Das trieb sich umher, verlangte Quartier, Brot, Ställe, Betten, Wein, fluchte, kreischte, sprach fremde Mundarten und fremde Sprachen, rannte umher oder lag schon satt und lachend als Zuschauer in den Wohnstubenfenstern der wohlhabendsten Markthäuser. Offiziere befahlen, Feldwebel schimpften, Bürger redeten auf die Leute ein, der Bürgermeister lief erregt und ängstlich hin und wider, Pferde wurden abgeführt. Angst und Gelächter, Krieg und Scherz klangen durcheinander.

Dieses Getümmel, das Berthold mit Wonne, Angst und brennender Neugierde betrachtete, riß den zufrieden engen Kreis seiner kleinen Knabenwelt mit einemmal gewaltsam auseinander und öffnete zum erstenmal die Welt seinen Blicken. Er hatte wohl von der Fremde, von Fürsten, fernen Ländern, von Soldaten, Krieg und Schlachten reden hören und sich davon kühne, farbige Vorstellungen gemacht; doch war für ihn zwischen diesen Dingen und den schönen Märchen kein Unterschied gewesen, und er hatte nicht gewußt, ob das alles wirklich und wesenhaft vorhanden oder nur ein Ergötzen der Gedanken und hübsches Gleichnis wäre.

Nun aber sah er mit Augen Kriegsvolk, Pferde und Waffen, Spieße, Schwerter und Abzeichen, schön aufgezäumte Pferde und unheimliche Feuerrohre. Er sah Männer mit fremden, braunen und bärtigen Gesichtern, fremdartige heftige Weiber, hörte rauhe Stimmen unbekannte Sprachen reden und trank begierig den starken Duft des Neuen, Wilden, Unheimischen in seine unbeschwerte Knabenseele ein.

Behutsam ging er zwischen dem wilden Volk umher, damit er alles sehe, machte sich aus Flüchen und einigen Rippenstößen nichts und tat seiner ersten Schaulust Genüge, ehe er ans Heimgehen dachte. Er bestaunte Arkebusen und Fähnlein, betastete einen Spieß, bewunderte hochschäftige Reiterstiefel mit scharfen Sporen und hatte seine Lust an dem freien, kriegerischen Wesen der Leute, an ihren barschen, kecken, prahlerischen Worten und Gebärden. Da waren Glanz, Kühnheit, Stolz und Wildheit, lodernde Farben, wallende Federbüsche, Zauber des Kriegs und Heldentums.

Betäubt und glühend kam Berthold spät nach Hause. Der Vater war in Furcht um ihn gewesen und empfing ihn mit liebevollem Schelten. Aber der erregte Knabe hörte nichts, er wollte kaum essen und sprudelte von Fragen über, was das für Leute seien, woher sie kämen, wer ihr Feldherr sei, ob es nun eine Schlacht gebe. Er erfuhr allerlei, was er nicht verstand, von Welschen, Kaiserlichen, von Durchzug, Quartier, Plünderung, und der Vater wußte selber durchaus nicht Bescheid. Als er dagegen erzählte, es seien auch bei ihm drei Leute im Quartier, sprang Berthold auf und begehrte sie zu sehen. Wie auch der Vater wehrte und schalt, er war nicht zu bändigen und stürmte hinaus, die Stiege hinab und zu der Kammer. An der Türe blieb er atemlos stehen und lauschte. Er hörte Schritte und Reden, doch nichts Gefährliches, und so faßte er Mut, öffnete behutsam die Tür und trat auf den Zehen hinein. Dabei stieß er fast auf einen der Soldaten, einen hageren, großen Menschen in schlechten Kleidern und mit einem ungefügen Pflaster auf der Wange, der sich sofort umwandte, den Kleinen grimmig anschaute und mit drohender Gebärde wieder gehen hieß. Aber ehe Berthold Folge leisten konnte, tat ein anderer lachend Fürsprache und winkte den verzagten Knaben zu sich.

»Hast noch nie Landsknechte gesehen?« fragte er ganz freundlich, und da der Kleine den Kopf schüttelte, lachte er und fragte ihn nach seinem Namen. Als er den schüchtern sagte, brummte der Hagere: »Berthold? So heiß ich auch«, und musterte ihn mit einem aufmerksamen und scharfen Blick, als suche er das Bild seiner eigenen Kindertage in dem hübschen Knabengesicht. Ein anderer machte einen Witz, den Berthold nicht verstand, dann ließen sie den Buben unbeachtet. Zwei begannen ein Spiel mit alten, unsäuberlichen Karten, der dritte schenkte sich Wein in den Becher und machte sich gemächlich daran, eine aufgegangene Naht an seinem Lederzeug mit gepichtem Zwirn zu flicken. Bald rief drunten der Vater, und Berthold verließ mit Bedauern und ungestillter Neugierde die Soldatenkammer. Am andern Morgen half er der Magd mit Eifer die schweren Schaftstiefel der Leute putzen.

Dann mußte er sehr gegen seine Wünsche wie immer ins Kloster zur Schule gehen, und als er von da eilig und begierig zurückkam, waren Landsknechte, Offiziere, Gäule und Standarten zu seinem bitteren Schmerz schon wieder weit fortgezogen. Er konnte sie nimmer vergessen, und auch andere dachten noch lange an sie; denn es waren in der einen Nacht ein Totschlag, einige Verwundungen und mancherlei Raub und Gewalttat in der Stadt geschehen. In der folgenden Zeit ergingen noch je und je Gerüchte von solchen Durchzügen in der Gegend; die Stadt aber blieb für lange Zeit verschont, und der Kriegslärm, der anwachsend das halbe Reich erfüllte, brauste fern an ihrer Stille vorbei.

Die Knaben aber spielten seit jener Einquartierung fleißig Soldaten, und zu seines Vaters Leidwesen geschah es, daß Berthold seine vorige träumerische Stille ganz von sich tat und bald der Hitzigste und Anführer der Buben wurde. Seine große Körperkraft, deren er jetzt wie nach einem Schlummer bewußt ward, machte ihn unter seinesgleichen berühmt und gefürchtet, und da den Übungen in Kampf und Tapferkeit bald auch andere, weniger edle Taten und Streiche folgten, erwuchs dem Alten mit der Zeit nicht wenig Ärger und Sorge. Denn wie im Kommandieren und Fechten, so tat der Knabe Berthold sich auch in Prügeleien, Schabernack und Äpfeldiebstählen hervor.

Indes er aber auf diese Art den Leuten, dem Vater und seinem guten Lehrer Ärgernis gab, war es ihm selber in seiner wilden Haut nicht etwa unterschiedslos wohl, sondern er wurde nicht selten vom bösen Gewissen geplagt und kam sich oft mitten im fröhlichsten Getümmel wie ein Bezauberter vor, der nicht seinem eigenen Willen folgt. Sein eigener Wille, schien ihm, lag gefangen und betäubt, und wenn er sich in bangen Stunden regte und zu mahnen begann, schuf er ihm Qual.

Freilich geschah ihm das nur hin und wieder. An den meisten Tagen ließ er sich unbefangen treiben und beging seine Streiche, wie jeder Knabe die seinen begeht. Es war auch gar nicht sein Wille, der bei diesem Treiben unterlag und zu kurz kam, sondern ein zeitweilig schlummernder Teil seiner Seele, nämlich der Trieb zum Nachdenken und Erkennen. Dem half der Ausbruch anderer, göberer Begierden und Regungen zu einem Schlaf, in welchem er sich nur selten schwer und traumbefangen bewegte. Das erkannte sein kluger Lehrer, der anfänglich über die Gemütsänderung des Knaben sehr erschrokken war, bald mit Beruhigung.

»Der Knabe hat früher zu viel gesonnen«, sagte er zu Bertholds Vater. »Jetzt will die Erbsünde ihr Recht und auch der kräftige Körper das seine haben, und es ist viel besser, sie toben jetzt aus, als sie melden sich erst in späteren und gefährlicheren Jahren. Unterdrücken hilft nichts, lassen wir das Böcklein nur stoßen!«

Die Erbsünde büßte denn auch ihre Lust, und das Böcklein stieß, bis es ihm weh tat. Das geschah eines Nachmittags im Winter, bei einer großen Knabenschlacht im Schnee. Zwei Heere beschossen einander mit Schneeballen, und eines hatte den Berthold zum Anführer. Sie kamen einander immer näher, und am heftigsten bekämpften sich die beiden Anführer. Der feindliche Feldherr wagte sich weit vor, mit einigem Vorrat an Geschossen, und traf den Berthold mehrmals aus nächster Nähe mit scharfen Würfen ins Gesicht, so daß der in Zorn geriet und Rache beschloß. Und als nun sein Feind ihn mit einem Schneeball traf, der einen Stein enthielt und eine Beule gab, hielt er sich nicht mehr zurück, sprang den Gegner an und nötigte ihn zum Ringkampf. Beide Heere gaben sogleich den Kampf auf und stellten sich im Kreis um die Brust an Brust Ringenden auf, um das Schauspiel zu genießen.

Der Feind kam bald in Bedrängnis und half sich, da die Kraft seiner Arme nicht ausreichte, durch einen Biß in des Gegners Ohr. Nun hatte Berthold genug. In Zorn und Schmerz warf er mit verzweifelter Kraft den Beißer von sich, ohne zu schauen wohin, und schleuderte ihn so, daß er wider einen Prellstein flog und sofort regungslos liegenblieb. Sein Gesicht wurde zusehends weiß und schmal, aus den Haaren her rann über die Stirn ein Faden roten Blutes, floß über ein geschlossenes, nicht mehr zuckendes Augenlid und blieb vertrocknend auf der Wange stehen.

Die Knabenschar, die eben noch jeden Griff der Ringer begutachtet und auch noch den letzten Gewaltwurf Bertholds mit Jubel bewundert hatte, verstummte plötzlich. Nur ein ganz kleines Bürschlein, das eigentlich noch zur Mutter gehörte, rief entsetzt mit einer hohen Kinderstimme: »Er hat ihn umgebracht!« Minutenlang starrten sie alle glotzend auf den bewegungslos, zerbrochen hingestreckten Körper. Dann wurde es ihnen unheimlich, und fast alle verschwanden lautlos, teils um sich in Sicherheit zu bringen und das Grauen zu vergessen, teils um das Ereignis eilig in der Stadt zu verkünden. Auch die Zurückgebliebenen wichen unbehaglich aus Bertholds Nähe und ließen ihn allein stehen.

Nach dem heftigen Wurf, in dem sein Zorn sich erschöpft hatte, war er einen kurzen Augenblick voll Siegergefühl und ruhiger Sättigung gewesen, gewillt, den tückischen Stein im Schneeball und den Biß ins Ohr zu vergessen. Der harte Fall und das bißchen Blut hatten ihn nicht erschreckt, da sein Gewissen von keiner Schuld wußte. Da aber der Gefallene nicht wieder aufstand und sein Gesicht weiß und steinern wurde, stockte dem Sieger Atem und Herzschlag, sein Blick hing starr an dem Blutfleck, und als der Schrei des kleinen Knaben erscholl, begann Berthold zu zittern. Trotz Schwindelgefühl und Unbehagen bemerkte er mit unheimlicher Klarheit nicht nur die Todesstarre des Dahingestreckten, die blauen Schatten unter seinen Augen und das auf seiner Wange gerinnende Blut, sondern auch das Grauen und die feige Abwendung der Kameraden, die ihm soeben noch bewundernd zugerufen hatten. Er sah sich als Mörder gemieden und von Schrecken umgeben, von den Freunden im Stich gelassen, von denen gewiß keiner für ihn einstehen würde. Zum erstenmal in seinem Leben fühlte er sich von Einsamkeit wie von einem grauenvollen Bannkreis umgeben und sein warmes Herz von Verzweiflung und Tod eisig angefaßt.

Minutenlang blieb er an dem Anblick des Erschlagenen haften. Dann überfiel ihn plötzlich der Gedanke an Strafe; in schrecklichen Vorstellungen sah er sich von Verhör und Richter, von Schmach und Todesstrafe bedroht. Darüber vergaß er sofort alles andere, sein Leben bangte vor dem unbestimmten Kommenden und setzte sich mit allen Fibern zur Wehr.

Wie ein scheuendes Roß, nachdem die erste, kurze Betäubung und Lähmung des Erschreckens sich gelöst hat, in besinnungslosem Drang, sich zu retten, davonrennt und mit verzweifeltem Galopp das Weite sucht, so riß sich Berthold aus dem dumpfen Banne los und lief nun wie gehetzt von dem Unglücksorte weg, zur Stadt hinaus und bergan in den Wald; die erste und sicherste Zuflucht jedes Flüchtigen. Seine Einbildung sah Häscher nach ihm ausziehen, Arme nach ihm greifen, Fäuste nach ihm geballt. In unnützem Laufen irrte er heiß und zagend abseits der Wege, versank in Schneewehen und zerriß Haut und Kleider im winterlichen Gestrüpp.

Es wurde Abend, der Schnee leuchtete blaß in der Dämmerung. Der Flüchtling war todmüde und halb erfroren, er dachte im Schnee umkommen zu müssen oder dem Wolf zur Beute zu fallen und strebte mit versagenden Kräften, durch die Büsche ins Freie zu kommen. Der aufsteigende Mond half ihm mit schwachem Trost. Endlich fand er sich erschöpft und taumelnd am Rande des Waldes und sah über steile Abhänge hinweg im weißen Schnee- und Mondlichte nicht eine unwirtliche und weglose Fremde, wie er gemeint hatte, sondern das wohlbekannte schöne Tal und im Grunde beschneit und friedvoll das Kloster liegen.

Der Anblick erweckte Trauer und Scham

in ihm, noch tiefer im Gemüt aber Trost und frohe Rettungsahnung. Auf frierenden und müden Füßen klomm er das steile Land hinab, oft fallend und wieder aufstehend, erreichte mühevoll die Straße, die Brücke und schließlich das Klostertor, dessen schweren Pocher er mit letzter Kraft hob und auf die Eisenplatte fallen ließ. Aber während der Schall ertönte und den erstaunten Pförtner aus der warmen Halle rief, sank der Zuflüchtling still in den Schnee. Der Bruder hob ihn auf, fand ihn in einem Zustande zwischen Schlaf und Ohnmacht, sah seine Finger und Ohren blau gefroren und trug ihn hinein; denn er hatte den Schüler erkannt.

Berthold erwachte erst spät am andern Tage, sah sich in einem fremden Raum und Bette liegen, und noch ehe er die Erinnerung wiederhatte, trat sein Lehrer ein, und hinter ihm sein Vater. Da gab es ein langes Reden, und als man ihn gesund fand, ein Schelten, Klagen und Fragen. Doch hörte er von allem nur die Nachricht, daß der Erschlagene gar nicht tot und schon gestern wieder zum Bewußtsein gekommen sei.

Da tat seine verdunkelte Seele wieder zagende Augen auf, sah den Weg wieder offen und ihre Flügel beschädigt, doch ungebrochen. In erlösenden Tränen rann die Verzweiflung und Todesangst, die auch seine Träume nicht verlassen hatte, dahin.

Zugleich aber war auch das wilde und stößige Wesen, das Anführer- und Soldatentum abgetan wie eine Maske, und dahinter trat das Gesicht des alten Berthold, des Grüblers und Einspänners, hervor, zu seines Vaters Freude. Eine Woche und zwei Wochen traute er der Stille nicht und war stets gewärtig, den Unhold wieder hervorbrechen zu sehen, während er mit Seufzen jeden Tag der Mutter des verwundeten Knaben, der noch eine gute Weile krank lag, ein Schmerzensgeld bezahlte. Berthold schien jedoch gründlich bekehrt zu sein, er hatte keinen Umgang mehr mit Buben seines Alters, vermied die Gasse und die Spielplätze, lernte gewaltig Latein und neigte mehr als je zu Betrachtungen über Gott und Menschenleben. Was er von der Vergänglichkeit irdischen Ruhmes schon bei dem schlimmen Ausgang jener Knabenschlacht erfahren hatte, fand er nun bestätigt, indem die früheren Kameraden ihn bald nicht mehr vermißten. Sie folgten neuen Feldherren, und Berthold wurde von ihnen zuerst eine Weile gemieden und geschont, dann eine Weile gehänselt und dann vergessen. Niemand sprach mehr von seinen Heldentaten; seines Lateins und seiner Bestimmung zum Priester wegen wurde er wieder wie früher teils neidisch, teils verächtlich der heilige Berthold genannt, und nur das Unglück, daß er einmal beinah einen Kameraden zum Tod gebracht hätte, wurde ihm nicht vergessen. Und er kam sich selber, wie seinem Vater, verwandelt und bekehrt vor, indes doch nur seine angeborene Ungeduld und unbefriedigte Lebenslust ihr ungenügsames Wesen auf etwas andere Weise trieb.

Was der Alte und der Knabe selbst nicht erkannten, blieb dem Lehrer nicht verborgen. Der Pater Paul sah mit Sorgen das lebhafte Kind zwar still und sittsam geworden; aber sein neuer Eifer im Bereuen, Frommsein und Lernen schien ihm nicht minder übertrieben und wild zu sein als das vorherige Toben. Er sah in dem noch dämmernden Leben der jungen Seele die Ahnung von der Ungenüge und Zweifelhaftigkeit unseres Lebens wie einen

Abendschatten unaufhaltsam wachsen, allzudunkel und allzufrüh, und er wußte wohl, daß gegen diesen Schaden kein Kraut in den Gärten wächst. Er wußte es; denn er gehörte selber zur stillen Gemeinde der Unzufriedenen, die niemals wissen, ob es ihre eigene Unzulänglichkeit oder die der ganzen Weltordnung ist, daran sie krank sind. Darum liebte er den hübschen, unruhigen Knaben und fürchtete für ihn.

»Wenn also Gott gerecht ist und wenn alles in der Welt nach seinem Gesetz und mit seinem Willen geschieht«, sagte Berthold, »wie ist es dann, daß es Krieg und Schlachten gibt und daß man den Stand der Soldaten eingerichtet hat, deren Beruf nichts anderes ist, als daß sie Menschen töten? Und man ehrt sie dafür noch, und die Feldherren werden Helden geheißen.«

Der Pater Paul gab Antwort: »Sie sind Werkzeuge Gottes. Wohl soll uns jedes Menschen Leben heilig sein, doch ist es nichts Vollkommenes, und Gott selber läßt ja einen Jeden sterben, den einen jung, den andern alt, den einen an Krankheit, den andern durchs

Schwert oder durch andere Gewalt. So sehen wir, daß das leibliche Leben an sich selber von geringem Wert und nur ein Gleichnis und Vorbild ist. Daraus sollten wir lernen, schon dieses hinfällige leibliche Leben in Gottes Dienst zu stellen.«

»Ja, aber die Soldaten und Mörder stehen ja auch, wie du sagst, in Gottes Dienst, und sind doch böse.«

»Wenn ein Schmied ein Pferd beschlagen will, so kann er es nicht gut allein tun, nicht wahr?«

»Ja.«

»Gut. Er braucht aber nicht nur einen Gesellen, sondern er muß auch einen Hammer haben.«

»Ja.«

»Nun, der Geselle ist aber mehr als der Hammer, er ist ein lebendiger Mensch und hat nicht nur Kräfte, sondern auch Verstand. So ist auch ein Unterschied zwischen Gottes Dienern und Gottes Werkzeugen. Jeder Mensch, auch der Mörder, ist ein Werkzeug, er muß – ob er es will und weiß oder nicht – Gottes Willen vollführen helfen und hat keinerlei Verdienst dabei. Gottes Diener sein aber ist etwas ganz anderes: das heißt mit Willen und Wissen sich ihm untergeben, auch wenn es weh tut und dem eigenen Gelüst zuwider geht. Wer das erkannt hat, der darf nie mehr damit zufrieden sein, daß er ein Werkzeug ist, sondern muß allezeit ein Diener sein wollen. Und wenn er dessen vergißt und dennoch seinem irdischen Trieb und Gelüst nachgeht, ist er ein größerer Sünder als alle Räuber und Totschläger. Du hast gesagt, die Soldaten seien alle böse. Wie willst du denn wissen, was böse ist? Wer in Torheit und Unwissenheit Arges tut, der sündigt vielleicht weniger, als wer das Gute weiß und tut es nicht.«

»Warum läßt aber Gott so viele in Unwissenheit?«

»Das werden wir nie erforschen. Warum läßt er manche Blumen rot und andere gelb oder blau im Feld wachsen? Und ob vor ihm ein Verständiger von einem Unwissenden und ein Böser von einem Guten gar so sehr verschieden ist, das weiß ich nicht. Aber daß der, dem Gott Erkenntnis gegeben hat, auch größere Pflichten und größere Verantwortung habe, dessen sei versichert!«

So gab es häufige Unterredungen des klugen und geduldigen Paters mit dem fragelustigen Schüler. Berthold lernte viel und wuchs an Erkenntnis; nicht minder jedoch wuchs in aller Stille sein heimlicher Stolz. Er schaute mit Hochmut auf seine ehemaligen Kameraden, ja auf den eigenen Vater, und je besser er von Gott und göttlichen Dingen zu reden und disputieren lernte, desto mehr ging seiner unzufriedenen Seele die rechte Ehrfurcht und Scham verloren. Er gewöhnte sich daran, in Gedanken an allem zu zweifeln und über alles zu urteilen. Seinem Lehrer ging es dabei sonderbar. Er sah wohl, daß er den Verstand, nicht das Herz des Knaben bilde und erziehe, aber er hatte die Zügel verloren. Und während er sich darüber tadelte, tat es ihm doch wohl, einen so gescheiten Schüler zu haben, mit dem er schließlich besser disputieren konnte als mit allen Brüdern des Klosters.

In seinem Hochmut merkte Berthold kaum, wie er die Jahre der Kindheit unkindlich hinbrachte und sich um Unwiederbringliches betrog. Seit er mit Büchern umzugehen wußte und vom Pater Paul mit solchen versehen wurde, führte er ein stilles, doch gieriges Schattenleben im blassen Lande der Buchstaben und vergaß darüber die Welt, der er angehörte und die ihm zustand. Die Gesellschaft der Altersgenossen vermißte er nicht, da er diese alle mehr und mehr verachtete, und wenn der Vater oder ein Onkel gelegentlich sagte, er sehe bleich und überstudiert aus, so freute es ihn wie eine Auszeichnung. Nicht selten überfiel ihn zwar der alte Hunger und das alte wilde Verlangen nach einem gesättigten, vollen, blühenden Leben, wie er's als kleiner Bub in Soldatenspielen gesucht hatte, aber seine Gier ging jetzt in die Zukunft, wo er Herrschaft und Ehre erreichbar meinte, und in die Gedankenwelt, wo er mit vorzeitiger Lüsternheit sich gewöhnt hatte, mit dem Unerforschlichen ein aufregendes Spiel zu haben. Er glaubte sich edel und ausgezeichnet, weil sein Streben geistigen Gütern zugewendet war, und niemand sagte ihm, daß sein Streben nach Wissen eben auch nur der schlimme Hunger eines Unersättlichen war, den alles Wissen nicht gestillt hätte, da er darin nur sich selber suchte.

Da Pater Paul fand, es sei nächstens an der

Zeit, den jungen Menschen auswärts auf Studien zu senden, fand Bertholds Vater seine Hoffnung, den Jungen im Ornat zu sehen, der Erfüllung nahe und gab mit Freuden seine Zustimmung. Noch mehr freute sich Berthold selbst, der jetzt fünfzehn Jahre alt war und sehnlich in die Weite begehrte.

Durch des Paters Vermittlung, der aus den Rheinlanden stammte und dort noch Freunde besaß, fand sich im prächtigen Köln, das von alten und jungen Klerikern wimmelte, eine Unterkunft für das Studentlein, wo es im Haus eines Domkapitulars wohnen und in guter Gesellschaft die geistliche Schule besuchen sollte. Das Notwendige war bald besorgt, und eines kühlen Morgens im Herbst zog Berthold mit einer günstigen Fahrgelegenheit, auf die er zwei Wochen lang mit Ungeduld gewartet hatte, landeinwärts, von vielen Segenswünschen begleitet und mit einem recht stattlichen Reisegeld und Proviantsack versehen. Ihm entgegen reisten große herbstliche Vogelzüge am hellblauen Himmel, die Rosse trabten frisch die glatte Straße talabwärts, bald ward die Gegend fremd und neu, und nach einigen

Stunden war das Flußtal zu Ende und öffnete sich gegen die weite, herbstfarbig prangende Fremde.

2

In Köln erlebte Berthold ein gutes und zufriedenes Jahr. Der Anfang freilich hatte Schwierigkeiten. Im Hause des Domkapitulars wohnten außer dem neuen Ankömmling schon zwei ältere Schüler, Adam und Johannes, die machten ihm in den ersten Tagen oft heiß mit ihrem Spott und Besserwissen. Der Fremdling aus der kleinen Stadt, des Umgangs mit abgeschliffenen Leuten und der feinen rheinischen Sitten ungewohnt, wurde in aller Höflichkeit erbarmungslos gehänselt und mit wohlwollender Überlegenheit als eine Art Hanswurst behandelt, was ihn grimmig verdroß und sogar nachts im Bett zum Weinen brachte, obwohl der muntere und behagliche Hausherr ihn freundlich in Schutz nahm.

Das dauerte sechs, acht Tage, dann hatte Berthold es satt. Als eines Morgens beim Aufstehen die Widersacher aufs neue anfingen und ihn mit boshaften Fragen in die Klemme brachten, erinnerte er sich seines früheren Heldentums, ging zum Angriff über und prügelte alle beide so nachdrücklich, daß sie um Gnade bitten mußten und künftig große Achtung vor ihm empfanden. Als es sich nun auch noch zeigte, daß er im Latein einer der Ersten in der Schule war, stieg seine Geltung rasch, und es fehlte ihm nicht an Freunden.

Das Latein spielte überhaupt eine große Rolle an der Priesterschule und galt weit mehr als die eigentlichen heiligen Wissenschaften. Der Kirchendienst wurde zwar genau gelehrt und geübt, auch die Bücher der Bibel und einiger Kirchenväter durchgenommen, und namentlich fehlte es nicht an Belehrung über die alten, und noch mehr die neuen, lutherischen und anderen Ketzerlehren, sonst aber lebte und studierte man auf eine behaglich weltmännische Weise und legte auf besondere Frömmigkeit keinen Wert. Es dauerte lange, bis Berthold von den Reliquien der elftausend Jungfrauen hörte, die in der Stadt waren, und der sie ihm schließlich zeigte, machte wenig Aufhebens davon.

Von seinen Freunden war ihm bald jener

Johannes der liebste, und von ihm lernte er auch am meisten. Johannes war ein schöner, feiner Jüngling, zwar von geringer Herkunft aus dem Luxemburgischen, aber an Wuchs und Benehmen jedem Grafensohn ebenbürtig. Er konnte Französisch und ein wenig Italienisch, er spielte die Zither, er verstand sich auf Weine, auf Frauenkleider, Juwelen, Gemälde. Was er jedoch am besten und meisterhaft verstand, war das Erzählen. Er wußte tausend Geschichten, und sie fielen ihm immer in der rechten Stunde ein. Oft am Abend saßen die drei Schüler in ihrer Schlafkammer oder im Garten, Johannes erzählte, und seine Geschichten flossen unermüdet und wohllautend hin wie unten durch die Stadt der strömende Rhein.

Er erzählte vom Wassermann, wie er schöngekleidet am Sommerabend den Tanz bei der Linde besucht und vornehmer ist und feiner tanzt als irgendeiner, nur seine Hände sind eiskalt, und mit der schönsten Jungfrau tanzt er von der Linde fort und weiter in schönen Touren bis zur Brücke, da nimmt er sie in den Arm und springt mit ihr hinab. Darauf erzählte Johannes von dem Fischer bei

Speyer, wie er nachts von ganz kleinen Männlein angerufen ward und mußte sie über den Rhein setzen, einen Kahn voll um den andern, die ganze Nacht, und am Morgen fand er seinen Hut, den er am Strand gelassen hatte, voll von kleinen Goldmünzen.

Johannes erzählte, wie einstmals zwei geistliche Schüler einen dritten mit auf einen hohen Kirchturm nahmen, um droben Krähennester auszunehmen. Die zwei legten ein Brett zum Schalloch hinaus und hielten es fest, der dritte stieg hinaus und nahm ein Nest an der Mauer aus. Da er sich alle Taschen voll Eier steckte, wollten die beiden drinnen auch etwas haben, aber er meinte, sie sollten selber heraussteigen, wenn sie Mut hätten. Da drohten sie ihm, wenn er ihnen keine Eier gäbe, würden sie das Brett loslassen. Er dachte, das täten sie doch nicht, und gab ihnen nichts; da ließen sie das Brett los, und der Schüler stürzte in die unermeßliche Tiefe. Aber siehe, die Luft fing sich in seinem langen, zugeknöpften Mantel und blies ihn auf wie eine Glocke, und so schwebte er zum Erstaunen der Leute ganz sanft und langsam wie ein großer schwarzer Vogel auf den Marktplatz hinab.

Teufelsgeschichten wußte er einen ganzen Sack voll. Zum Beispiel die von den drei Gesellen, die in der Kirche während des Gottesdienstes dem Kartenspiel frönten. Da setzte sich der Teufel als vierter dazu und spielte mit. Der eine merkte es und machte sich davon, und bald auch der zweite, der dritte aber war in der Spielwut und merkte nichts, sondern spielte mit dem Teufel weiter. Auf einmal scholl ein grausiger Notschrei durch die Kirche, daß die Gemeinde auffuhr und entsetzt davonlief. An der Stelle aber, wo der Spieler gesessen war, fand man hernach einen großen Blutfleck, und so viel man reiben und schaben mochte, der Fleck war nie mehr wegzubringen.

Weiter erzählte Johannes von der Findung und Hebung von Schätzen, von den unerlösten Seelen Ermordeter, die nachts vor den Häusern standen und wehklagten, kinderkleine Gestalten in roten Hemden, von freundlichen, gutartigen Hausgeistern, von Kobolden und Schlangenkönigen.

Er wußte auch noch andere Geschichten, von denen Berthold nichts hören durfte und die er nur seinem Kameraden Adam mitteilte.

Mit diesem Adam hatte er, zu Bertholds Leid, ein fortwährendes Heimlichtun, ja sogar eine besondere, von ihnen erfundene Sprache, von der er auf Bertholds dringende Fragen behauptete, es sei die Sprache der Magier.

Von dieser kleinen Eifersucht auf Adam abgesehen, hatte Berthold gute Tage. Als Lateiner glänzte er in der Schule, als gefürchteter Ringer genoß er Achtung, und die kleinen Künste der feineren Lebensart machten ihm, als er sie nur kühn versuchte, bald kein Herzklopfen mehr, sah er doch im Hause oft vornehme geistliche und weltliche Herren, die er zuweilen bei der Tafel bedienen helfen mußte. Er merkte wohl, daß Schüchternheit es zu nichts bringe, und gewöhnte sich das Rotwerden und Scheusein gründlich ab. Die große, prächtige Stadt gefiel ihm sehr, er lernte die Gassen und Plätze kennen, sah mit Vergnügen schöne Häuser und Paläste, Wagen und Reiter, geputzte Leute, Uniformen, Gaukler, Musikanten. Er gewöhnte sich manche Ausdrücke der hiesigen Mundart an, und wenn er zuweilen an seine Heimat und an sein Vaterhaus dachte, freute er sich darauf, dort einmal als ein feiner und gereister Mann ehrenvoll zu

Gast zu sein, um dann beizeiten wieder in die glänzende Welt zurückzukehren.

Auch das Disputieren verlernte er nicht. Nur war es ihm dabei jetzt nicht mehr um das Erklären banger Rätsel zu tun, sondern um ein elegantes Fechten mit den blanken, spielerischen Waffen der Dialektik, deren Glanz und wunderbare Magie ihn stark anzog. Er lernte mit Logik, mit Schlüssen, Beweisen, Zitaten, Bibelstellen umgehen und konnte bald, falls nicht sein Gegner ein noch besserer Dialektiker war, jeden Einfall beweisen und jede Wahrheit widerlegen. Besonders mit Johannes übte er diese Künste oft.

Nach Hause schrieb er jedes Vierteljahr einen Brief in vortrefflichem Latein, den sein Vater dann ins Kloster tragen mußte, um ihn sich vom Pater Paul übersetzen zu lassen. Aber auf den dritten oder vierten dieser Briefe kam, nach langer Pause, als Bote ein Fuhrmann aus der Heimat, der meldete, Bertholds Vater sei gestorben. Von seiten des Oheims, der das Erbe für ihn verwalten sollte, brachte der Bote ein Beutelchen Geld und für den Hausherrn zwei fette junge Gänse mit. Als

Berthold ihn nach Neuigkeiten aus der Heimat fragte, berichtete er, der Bürgermeister sei vor drei Monaten gestorben, und vor zwei Monaten der alte Türmer, und das alte Pesthaus vor der Stadt sei von Buben angezündet worden und abgebrannt. Der Mann wurde in der Küche mit Wein gestärkt und nahm bald Abschied, Berthold aber wunderte sich, wieviel daheim seit seinem Weggehen passiert sei, und versuchte, sich seinen toten Vater vorzustellen. Der Hausherr klopfte ihn auf die Schulter und sagte etwas Tröstendes, versprach auch, einige Messen für den Entschlafenen zu halten. Darauf teilte Berthold seines Vaters Tod den Freunden mit. Sie machten ernsthafte Gesichter, und Johannes drückte ihm feierlich die Hand. Adam fragte, wie alt der Vater denn geworden sei, und da Berthold es nicht wußte und sich dessen schämte, log er und sagte: »Sechzig.«

Nach einiger Zeit, als er den Boten und die Heimat und den Vater schon ganz vergessen hatte, erhielt er einen Brief von Pater Paul, dessen Latein er zwar anerkannte, dessen Ermahnungen und Fragen ihm jedoch zudringlich schienen, so daß er keine Antwort gab. Es machten ihm damals ganz andere Dinge zu schaffen.

Daß er keine rechte Kindheit gehabt hatte, daß ihm Kinderzeit, Vaterhaus und Heimat so leicht und schnell verlorengingen und in Vergessenheit sanken, war nicht seine eigene Schuld. Den älteren Bruder hatte er kaum gekannt und war allein mit dem Vater aufgewachsen. Nun fehlt aber einem Knaben, der ohne eine Mutter und ohne Geschwister, zumal ohne Schwestern heranwächst, die halbe Kindheit, und mehr als die halbe, wenn ihm nicht etwa sonst ein naher Umgang mit Frauengemütern zuteil wird. Mag man im übrigen die Frauen hochschätzen oder nicht, als Hüterinnen und Bewahrerinnen der Kindheit haben sie ihr heiliges Amt, in dem niemand sie ersetzen kann.

Berthold war ohne diese Hut und ohne diese unzähligen feinen, zarten Einflüsse geblieben. Er hatte nur eine strenge, ungütige Tante und die groben oder gleichgültigen Mägde seines Vaters gekannt und wußte vom Frauenwesen weniger als vom Mond. So unabhängig und weltkühl er sonst geworden war, gegen Frauen hatte er noch immer eine spröd abwehrende Schüchternheit behalten, auch hatte er in Köln außer den Mägden des Hauses keine Frauen gesehen als die ihm auf der Gasse vorübergingen. Nun war ihm freilich nicht verborgen geblieben, daß bei diesen fremden Wesen einem Jüngling erhebliche Freuden blühen können, doch war ihm dieser Garten verschlossen, und er wußte mit allem Latein keinen Schlüssel dazu zu finden.

Hingegen war er in der letzten Zeit dahintergekommen, daß Johannes und Adam in ihren heimlichen Unterhaltungen gerade von diesen Sachen redeten. Auch vernahm er gerüchtweise von Unvorsichtigen manches über Vergnügungen und Liebschaften der hohen wie niederen Geistlichkeit, was er anfangs für boshaftes Gerede hielt, dessen mögliche Wahrheit ihm jedoch mit zunehmendem Verstande mehr und mehr einleuchtete, denn je länger ihn diese Fragen beschäftigten, desto weniger traute er sich selbst und anderen die Tugend zu, einer ernstlichen Versuchung dieser Art zu widerstehen.

Denn, um die Wahrheit zu sagen, seit einigen Monaten war seine bisherige Zufriedenheit an der Wärme solcher Gedanken dahingeschmolzen und beinahe ganz zerronnen. Von allen Dingen der unvollkommenen Welt schien ihm jetzt nicht mehr Ehre und Auszeichnung, Gelehrsamkeit und künftige Würde das Begehrenswerteste, sondern weit eher Gunst und Kuß eines schönen Mädchens, doch ohne daß er sein Begehren einer Bestimmten zugewendet hätte.

An einem dunkeln Abende gegen Weihnachten saß er mit seinen beiden Stubenkameraden beim dünnen Kerzenlicht. Adam las schläfrig im Graduale Romanum, Berthold hörte dem Johannes zu. Sie hatten von Rom und dem päpstlichen Hofhalt gesprochen, aber so ergiebig diese Materie war, war doch bei dem Geheul des Schneewindes im Dachgebälk und bei der zuckenden Dämmerung in der großen Kammer Johannes allmählich tief ins Erzählen ängstlicher Geschichten hineingeraten und reihte eine an die andere. Er berichtete unter anderm darüber, wie die Baumeister beim Errichten großer Bauten, namentlich bei Festungen und Brücken, eine völlige Sicherheit der Fundamente nur durch ein Menschenopfer zu erreichen wüßten, indem sie einen lebendigen

Menschen mit einmauerten, und am besten sei hierzu ein Kind oder eine Jungfrau geeignet.

In Thüringen, erzählte er, wurde eine Feste erbaut, und um sie sicher zu machen, kauften die Baumeister für viel Geld einer Mutter ihr kleines Kind ab. Das setzten sie in eine Mauernische und begannen schnell ringsherum feste Mauern aufzuführen, und die Mutter stand dabei. Nach einer Weile rief das Kind: »Mutter, ich seh dich noch.« Und nach einer Weile: »Mutter, ich seh dich noch ein klein wenig.« Und wieder nach einer Weile: »Mutter, jetzt seh ich dich nimmermehr.«

Und bei einem andern Burgbau gab ein Maurermeister sein eigenes Kind, einen Knaben, für Geld her, damit es eingemauert werde. Ja er übernahm es sogar selber, das zu tun, und ging sogleich daran. Er errichtete rings um das Kind Mauern, die er höher und höher führte, so daß er bald eine Leiter brauchte, und der Kleine saß geduldig, ohne zu begreifen, was ihm geschehen. Als aber die Mauern immer höher wurden, rief das Kind herauf: »Vater, Vater, wie wird es so finster!« Das ging dem grausamen Mann plötzlich ins Herz, er ließ im Grausen die Leiter los und fiel zur Erde, wo er tot liegenblieb.

»Geschieht ihm recht!« rief Berthold laut, doch tat er es weniger aus Freude an der Gerechtigkeit, als um das stille Grauen zu vertreiben, das ihn bei diesen Geschichten allmählich erfaßt hatte.

Johannes sah ihn aus seinen klugen, mäd chenhaften Augen blinzelnd an und fuhr fort: »Bei uns im Luxemburgischen war einmal ein Baumeister . . .« Da unterbrach ihn Berthold und bat: »Du, erzähl was anderes!«

»Was denn?« fragte Johannes.

Berthold zögerte und wurde verlegen. Dann faßte er einen Mut und sagte: »Erzähl mir, wie das ist, wenn ihr zu den Mädchen geht! – Nein, du mußt nicht leugnen, ich weiß es ja wohl.«

Und da er sah, wie Johannes mißtrauisch wurde und Gefahr witterte, nahm er eine gleichgültige Miene an und sagte: »Nun, wie du willst. Ich kann ja einmal mit dem Alten darüber reden.«

Adam hatte zugehört, nun sprang er auf, packte den Berthold am Arm und schrie:

»Wenn du das tust, bist du ein Hund! Wir bringen dich um, du!«

Berthold lachte: »Da möchte ich auch dabei sein!« und faßte Adams Hand, die er mit einer Faust zusammendrückte. Adam schrie und ließ los. »Also, was willst du denn?« rief er ängstlich.

Berthold sah ihn an. »Mitgehen will ich, wenn ihr wieder die Kirche schwänzt. Ich möchte auch eine Liebschaft haben, jawohl!«

Johannes sah ihn listig an und brach in ein leises Gelächter aus. Dann sagte er schmeichelnd: »Ja, mein Berthold, bist du denn verliebt? Und in wen denn? Wenn ich das weiß, kann ich dir vielleicht helfen.«

Mißtrauisch sah ihn Berthold an. Dann stieß er verwirrt hervor: »Ich bin nicht verliebt, ich weiß von diesen Geschichten nichts. Aber ich will auch einmal ein Mädchen kennenlernen und ihr einen Kuß geben, und wenn ihr mir nicht helft und wenn ihr mich auslacht, will ich's euch schon vertreiben.«

Er sah so gefährlich aus, daß Johannes nicht mehr lachte. Er besann sich ein wenig und sagte dann gleichmütig: »Du bist ein sonderbarer Bruder, daß du mich fragst, in wen du dich verlieben sollst. Da kann ich nicht raten. Aber wenn du durchaus einen Kuß haben willst, so merke dir die Köchin gegenüber bei dem Seidenhändler, ich glaube, die kann dir helfen.«

»Die magere, mit dem schwarzen Haar?« fragte Berthold schnell.

»Eben die. Versuch's nur!«

»Ja, wie soll ich das anfangen?«

»Junge, das ist deine Sache. Wenn du noch eine Kindsmagd brauchst, mußt du eben nicht mit Mädchen anbändeln wollen.«

»Aber was soll ich denn tun? Was soll ich zu ihr sagen?«

»Sag einfach: ich möcht einen Kuß, aber ich hab keine Courage. Im Ernst, du brauchst ja gar nichts zu sagen! Du mußt sie bloß so anschauen, daß sie merkt, sie gefällt dir. Dann kommt alles andere von selber, verlaß dich drauf!«

Nun mochte er nicht weiter fragen, da Adam grunzte und Johannes das Wetterleuchten in seinen schönen Mädchenaugen spielen ließ. Er beschloß bei sich, dem Rat zu folgen und wenn er sich als übel erwiese, es dem Ratgeber einzutränken. Und ruhig bat er: »Jetzt erzählt noch etwas!«

Johannes lächelte, leckte sich die hellroten Lippen, blinzelte ein wenig mit den langen braunen Wimpern und fing an. »Es waren einmal«, sagte er, »drei Brüder, die hingen mit herzlicher Treue aneinander und hatten sich über die Maßen lieb. Da geschah einst in ihrer Stadt ein Totschlag, und einer von ihnen kam unschuldig in Verdacht, wurde festgenommen und ins Gefängnis gesteckt. Er beteuerte seine Unschuld, auch auf der Folter, aber es nützte ihm nichts, und der Richter sprach ihm das Leben ab. Als das seine Brüder hörten, liefen sie beide her und jeder gab sich an, er selber habe den Mord verübt. Aber als der Gefangene es vernahm, rief er sogleich, nein, er sei der Mörder und wolle jetzt gestehen. Denn die Brüder hatten einander so lieb, daß jeder von ihnen lieber sterben als den andern sterben sehen wollte. So hatte der Richter auf einmal drei Mörder, von denen jeder der rechte sein wollte, und kam in Verlegenheit. Da tat er den Spruch, es solle ein jeder von den dreien eine junge Linde pflanzen, aber mit dem Wipfel in die Erde und den Wurzeln in die Luft, und wessen Lindenbaum dennoch wüchse, der solle unschuldig sein und freigelassen werden. Da pflanzte jeder sein Bäumlein, es war in der Frühlingszeit, und nach ein paar Wochen schlugen alle drei Linden fröhlich aus und gediehen so, daß sie noch heute stehen. Daran erkannte der Richter, daß alle drei unschuldig waren.«

Um dem Berthold zu gefallen, erzählte Johannes vor dem Schlafengehen auch noch eine verfängliche Historie, nämlich von dem Heidengotte Vulkanus, dessen Ehefrau eine Liebschaft mit dem Gotte Mars unterhielt, und wie Vulkanus es merkte, und wie er die beiden, als sie zärtlich beieinander waren, in einem künstlichen Drahtnetz einfing und in ihrer Schmach allen andern Göttern zur Schau stellte, so daß sie vor Lachen und die beiden vor Scham hätten sterben mögen.

Diese Anekdote war um soviel von des Johannes früheren Geschichten unterschieden, daß Berthold ihr noch eine gute Stunde nachdenken mußte, ehe er endlich einschlafen konnte, und sie machte ihm sogar noch im Traum zu schaffen. Mit beklemmendem Zauber umfing den harten Knaben die geheimnisvolle Ahnung der Liebeslust, und der Venusgarten zeigte dem befangenen Neuling nur seine herrliche Seite, wo die Rosen keine Dornen und die Pfade keine Schlangen haben. In selig schwebenden Träumen wurde seine Beklemmung zu lächelnd erlöstem, flügelschlagendem Glück, das alle Härte und alle Ungenüge aus seiner hochmütigen Seele nahm und sie zu einem Kinde machte, das im Grase spielt, und zu einem Vöglein, das in den Lüften jauchzt.

Am kalten Morgen erwachte Berthold frierend und fühlte sich traurig von den schönen Träumen genarrt. Im Traum hatte er mit einem großen, feinen Mädchen süßen Wein getrunken, sie hatte ihm Liebes gesagt, und er hatte ihr ohne Scheu geantwortet, hatte du zu ihr gesagt und sie ohne Bangen auf den warmen frischen Mund geküßt. Jetzt aber war es kalt, in einer halben Stunde mußte er zur Frühmesse in die dunkle Kirche, und dann in die Schule, und wenn ihm unterwegs auch sieben von den schönsten Prinzessinnen begegneten, so würde er doch kaum die Augen aufzuschlagen wagen und vor lauter Herzklopfen froh sein, wenn sie nur vorüber wären.

Still und traurig stand er auf, wusch sich

mit dem kalten Wasser den süßen Schlaf aus den Augen, schlüpfte ins kühle schwarze Gewand und begann den gewohnten Tag. Auf dem Weg zur Messe verfehlte er zwar nicht, am Hause des Seidenhändlers emporzuschauen, ob etwa die schwarzhaarige Köchin da sei, aber sie war in dieser Frühe noch nicht zu sehen, und er ging verdrießlich seinen Weg.

Als sie gegen Mittag heimkehrten und Berthold vor dem Haus des Seidenhändlers wieder unruhig zögerte und spähte, stieß Adam den Johannes in die Seite und grinste belustigt. Zufällig sah es Berthold, er sagte nichts, aber er sah den Spötter mit einem Blick an, daß Adam erschrak und schnell weiterging. Er beschloß in diesem Augenblick, das Abenteuer auszuführen, und wenn es sein Leben kostete, und den nächsten, der ihn verhöhnte, zu erwürgen.

So schaute er denn diesen und den nächsten Tag fleißig nach dem Nachbarhause hinüber. Zweimal sah er auch die schlanke Magd, aber so sehr er wollte, er konnte sie nicht keck betrachten, sondern mußte den Blick immer schnell wieder abwenden und wurde rot und verwirrt. Er wäre, trotz seiner festen Vorsätze, nie um einen Schritt weiter gekommen. Allein sie, die ein feines Auge hatte, merkte gar schnell, wohin dieser Hase laufe, und aus einer Rührung über die unverdorbene Schämigkeit des Knaben wie auch aus Wohlgefallen an seiner breiten, kräftigen Gestalt ward sie willens, diesem scheuen Kinde von seinen Sorgen zu helfen. Wie das zu geschehen habe, war ihr kein Rätsel, da sie es mit den jungen geistlichen Schülern von jeher gut gemeint hatte.

Dieser Neue machte es ihr aber wirklich schwer. Als er andern Tages wieder am Hause vorüberkam und wie ein Verurteilter dreinschaute, trat sie aus dem Tor, und als er halb erschrocken aufblickte und ihr eine Sekunde ins Gesicht sah, erleuchtete sie ihm zu Ehren ihr gutes Gesicht mit einem wonnevollen Lächeln. Er sah es, schlug tief errötend die Augen nieder und lief mit Schritten wie ein Verbrecher die Straße hinab und davon, daß das lange Mäntelein ihm an den Waden rauschte und daß die wohlmeinende Magd aus ihrem Lächeln ein Lachen machen mußte. Doch trug der Flüchtige in seiner Verwirrung einen warmen Liebesstrahl mit sich davon, sein roter Kopf war voll süßer Träume und sein Trotz schwand wie Frühlingsschnee vor einer sonderbaren Ergriffenheit und Milde.

Trotzdem hoffte die Magd Barbara vergebens, ihr Schüler werde nach diesem Anfang rasche Fortschritte machen. Wohl hing sie täglich ihr hübsches Schildlein aus, und der Liebhaber verfehlte niemals zu erröten und innig aufzuglänzen, aber daß er einmal stehenblieb, ein Wort sagte, ein Zeichen machte oder kühn ins Haus trat, das wollte sich nie begeben. Nachdem drei, vier Wochen auf diese Art vertändelt waren, fing die nutzlose Mühe sie zu reuen an, und wenn Berthold das nächstemal vorüberkam, im voraus rot und selig bänglich, schickte sie ihm einen bösen, kühlen Blick, der ihm seinen ganzen blauen Himmel schwer verwölkte. Am andern Tag, da sie nach der Wirkung ausschaute, fand sie den Getreuen todesunglücklich. Er flehte sie aus feuchten, bangen, leidvollen Augen jämmerlich an, so daß sie wohl sah, diesen gefangenen Vogel würde sie nicht mehr loswerden.

Also änderte sie ihren Plan und tat entschlossen das, was eigentlich er hätte tun müssen. Sie wartete, bis er allein vorüberging und niemand in der Gasse war, da trat sie rasch hinaus, ging hart an ihm vorbei, ohne ihn anzusehen, und sagte leise: »Willst du nicht einmal zu mir kommen? Heut abend um achte.«

Diese Anrede traf den Schüchternen wie ein Blitz. Er sah das Paradies offen, und er sah auch, daß er mit seiner Angst und Quälerei ein Esel gewesen war. Wochenlang hatte er von Tag zu Tag auf einen Blick von ihr gewartet, sie zu erzürnen gefürchtet, ihrer Freundlichkeit nicht zu trauen gewagt, sich immer wieder zu täuschen geglaubt und sich Sorgen über Sorgen gemacht. Er hatte sich müde gesonnen, wie er ihr etwa ein Brieflein, ein Geschenk zukommen lassen könnte, und alles war ihm zu gewagt, zu frech, zu gefährlich erschienen. Und jetzt war alles so leicht und einfach!

Nur eines war nicht leicht: den ganzen langen Tag hinzubringen, das ungeheure Geheimnis in der Brust zu tragen und dabei die Stunden gehen zu lassen wie sonst, und dabei immerfort daran denken zu müssen, wie es sein würde, was heut abend geschehn würde. Berthold lief umher wie einer, der noch heute eine Reise nach China antreten will, und dem schlauen Beobachter Johannes, der Bertholds Treiben seit Wochen mit stillem Vergnügen zusah, entging es nicht, daß jetzt endlich das Abenteuer im Gange sei. Er wunderte sich nicht, als Berthold nachmittags mit ernstem und geheimnisvollem Gesicht ihn auf die Seite zog und ihm eröffnete, er müsse diesen Abend in sehr wichtiger Angelegenheit das Haus verlassen und rechne auf seine Verschwiegenheit und nötigenfalls auf seinen Beistand. Ernsthaft gab er sein Versprechen und beeilte sich dann, das Ereignis Adam mitzuteilen, den es nicht minder freute.

»Die gute Bärbel!« rief er lachend. »Nun muß sie auch diesem Knollen die Weihen geben!«

So unendlich der kurze Wintertag schien, es wurde doch einmal Abend, und der Anfänger hatte Glück. Er fand um acht Uhr die Pforte noch unverschlossen, schlüpfte lautlos hinaus und näherte sich unschlüssig dem Haus des Seidenhändlers. Sein Herz schlug wie noch niemals und seine Knie zitterten. Da glitt in der Finsternis ein Schatten an ihm vorbei und eine leise Stimme flüsterte ihm zu:

»Halte dich hinter mir, ich gehe voraus.« Und kaum konnte er folgen, so eilig schwand sie im Schatten der hohen Häuser davon und um die Gassenecke. Es ging durch eine enge Seitengasse, über einen wüsten Hinterhof, durch ein ganz kleines kahles Gärtchen, dessen Hälfte mit tiefem Schnee im Mondlicht gleißte, und durch einen Winkel voll alter Weinfässer, von denen Berthold in der Hast eines umwarf, daß es hohl und schallend durch die Nachtstille dröhnte. Jetzt öffnete die Magd ein Türlein, das sie hinter ihrem Begleiter wieder leise schloß, ging vor ihm her einen steinernen Gang entlang und eine schmale, finstere Stiege hinauf und trat oben mit ihm in eine halbleere Kammer, die nach Heu und Leder roch.

»Hast du Angst gehabt?« fragte sie kichernd.

»Ich habe nie Angst«, sagte Berthold feierlich. »Wo sind wir denn?«

»In unserem Hinterhaus. Das ist die Geschirrkammer, da kommt den ganzen Winter kein Mensch her. Gelt, du heißt Berthold? Ja, ich weiß schon. Willst du mir keinen Kuß geben?«

Das wollte er gerne, und er war erstaunt, wie wenig Worte und Nachdenken das alles brauchte. Es war ihm eine große Sorge gewesen, was er denn zu dem Mädchen sagen solle, nun aber saß er mit ihr auf einem Bänklein, darüber sie eine alte wollene Roßdecke gelegt hatte, und es begann ein ganz glattes einfaches Gespräch zwischen ihnen anzuglimmen. Sie fragte ihn nach seiner Herkunft und bewunderte ihn, daß er aus so weiter Ferne herkomme, und fragte nach dem Gesinde im Haus seines Gastherrn, und die Rede kam auf Essen, Trinken und andere vertraute Dinge. Dazu lehnte sie ihre Wange an die seine, und wenn ihm das nebst dem Küssen auch wunderlich neu war und ihm vor banger Lust fast weh tun wollte, ließ er doch den Mut nicht sinken, sondern bestand das Abenteuer ohne Tadel, so daß das Erstaunen nun an die Barbara kam, die in dem gar so verschämten Knaben weit eher einen empfindsamen und ängstlichen Zauderer als einen so entschlossenen Mann zu finden gedacht hatte. Denn kaum hatte sie während des ruhigen Gesprächs seinen unsicheren Händen einige stille Wege gewiesen, so fand er ohne große Umschweife sich von selber zurecht. Und als er sie verließ und allein den ganzen krummen Weg über Treppe, Winkel, Gärtchen, Hof und Gäßlein zurückfand, da wußte die verwunderte Schwarzhaarige, daß sie diesen Sonderling nichts mehr zu lehren habe.

Es war nicht gut für Berthold, und es ist für keinen gut, das Wunder der Liebe auf diese unechte Art kennenzulernen. Zunächst aber und äußerlich nahm sein Wesen von jenem Abend an einen plötzlichen Aufschwung. Die Scheu und Gedrücktheit, die Kameraden und Lehrer in letzter Zeit an ihm wahrgenommen hatten, verschwand wie ein flüchtiges Unwohlsein, sein Blick war wieder frei und strahlend, er hatte an Turnieren des Geistes und Leibes wieder sein Vergnügen und schien zu gleicher Zeit verjüngt und reifer geworden zu sein.

Johannes und Adam sahen, er sei jetzt kein Kind mehr, und zeichneten ihn auf ihre Weise aus, indem sie ihn auch in das männliche Vergnügen des Weintrinkens einweihten. Was Berthold dabei genoß, war fürs erste nur die Lust am Verbotenen. Es dünkte ihn herrlich, zu stiller Stunde mit Heimlichkeit in den fin-

steren Keller hinabzusteigen, im Dunkeln das
richtige Faß zu ertasten und den langweiligen
Wasserkrug am seufzenden Hahnen mit hel-
lem, sacht rinnendem Weine zu füllen. Die
Gefahr scheute er nicht, sie war auch nicht
allzu groß, denn an des Hausherrn Tafel, die
häufig Gäste sah, wurde das Jahr hindurch viel
Wein verbraucht und ein Mangel kam nicht
leicht zu Tage, wenn nur das kleine Fäßlein
mit des Herrn Lieblingswein verschont blieb.
Dieses ließen sie denn auch nur bei festlichen
Anlässen und nur sparsam bluten, eigentlich
bloß Johannes zuliebe, der in so jungen Jahren
schon ein Schmecker war und zuweilen das
Bedürfnis nach einem feinen Tropfen zu spü-
ren behauptete.

Wenn dem Berthold früher jemand gesagt
hätte, er werde in Köln das Stehlen, Lügen,
den Trunk und die Wollust erlernen, würde er
sich bekreuzt haben. Jetzt trieb er dieses Leben
ganz ohne Bedenken, fühlte sich herrlich
wohl dabei und fand, ohne die Studien gerade
zu vernachlässigen, ein nie gekanntes Genü-
gen an diesen Leibesfreuden. Er gedieh auch
und blühte, der schon vorher ein stattlicher
Bursche gewesen war, in die Höhe und Breite

zu einem schönen Recken auf, den man gern an einer tüchtigen Arbeit gesehen hätte und dem heute das Hemd von vorgestern nicht mehr paßte.

Zweimal in der Woche, am Montag und Donnerstag abend hatte er seine Zusammenkünfte mit der Magd Barbara. Seiner List und Kraft vertrauend, besuchte er sie in ihrer eigenen Kammer, was noch keiner ihrer jungen Liebhaber gewagt hatte, und da sie ihn meistens nicht nur mit Liebkosungen, sondern auch mit guten Bissen aus ihrer Küche, mit Braten und Kuchen bewirtete, wozu er den Wein in einer Flasche mitbrachte, blieb er oft halbe und ganze Nächte dort.

Immerhin trat ihm nach einiger Zeit der Gedanke nahe, sie sei ihm doch erstaunlich willig entgegengekommen. Auch geschah es mehrmals, daß er an anderen als an den von ihr bestimmten Tagen sich bei ihr anmelden wollte, und da entging ihm nicht, daß sie heftig wurde und ihn mit allzu beflissenem Eifer davon abhielt. Erst jetzt begann ihn auch die Frage zu plagen, warum wohl sein Freund Johannes ihn damals gerade an die Barbara gewiesen habe. Er nahm ihm deshalb dringlich ins Gebet, und Johannes, der zuerst Ausflüchte brauchen wollte, erzählte ihm schließlich in seiner gefällig leichten Art, was er von dem Mädchen wußte. Sie war nach seiner Darstellung eine gute Seele, jedoch übermäßig dem Umgang mit jungen Knaben, besonders aber Schwarzröcken, zugetan. Und so hatte sie den Johannes, den Adam, den Berthold und eine unbekannte Zahl von Vorgängern in ihren willigen Armen zur Liebe erzogen, eine freundliche und selbstlose Lehrerin. Sie habe freilich die bittere Erfahrung gemacht, daß Dankbarkeit und Treue seltene Tugenden sind, und pflege dem Verlust ihres jeweiligen Lieblings, wenn es wirklich nur einer sei, stets mit ängstlichem Schmerz entgegenzusehen.

Der geschickte Erzähler verteidigte die Schwarzhaarige, während er sie preisgab, und zum Schlusse empfahl er dem finster gewordenen Zuhörer, auch er möge milde denken und über einer gewissen Enttäuschung die schuldige Dankbarkeit nicht vergessen. Berthold gab ihm darauf keine Antwort. Er hatte nie geglaubt, Barbaras erster Liebhaber zu sein. Aber daß sie die Jünglinge seines Alters gewohnheitsmäßig an sich zog und wahrscheinlich auch jetzt neben ihm andere Besucher hatte, verletzte ihn schwer.

Er stellte Nachforschungen an. Mehrere Abende war er draußen und umkreiste das Haus des Seidenhändlers. Er spähte in den Nebengassen, im Hof, im Gärtchen, und zweimal sah er seinen Schatz das Hinterhaus mit einem ihm bekannten Schüler betreten. Er zitterte vor Wut, hielt sich aber zurück und beschloß nach einer schlaflosen Nacht, schweigende Verachtung zu üben. Völlig konnte er sich freilich nicht beherrschen. Als er das nächste Mal der Magd ohne Zeugen begegnete und sie ihn mit freundlichem Vorwurf ansah, denn er war nun zweimal beim Stelldichein ausgeblieben, da schnitt er eine Grimasse und streckte ihr die Zunge heraus. Das war sein Abschied von seiner ersten Geliebten.

Da Berthold nun wieder ein unzufriedenes und widerhaariges Wesen annahm, auch mehrmals betrunken angetroffen wurde, ohne sich durch Strafe und Ermahnung zur Einkehr bringen zu lassen, ward auf den Rat eines wohlwollenden Lehrers beschlossen, ihn im Frühjahr für kurze Zeit seinen Verwandten in der Heimat zum Besuch zu schicken. Ihm kam das gar nicht willkommen, da er sich gerade in den Ostertagen zum erstenmal verliebt hatte. Er mußte jedoch gehorchen und reiste denn an einem blauen Tage zu Ende des April auf einem Schiffe den Rhein hinauf.

In der Heimat fand er sich fremd und unbehaglich. Der Ohcim nahm ihn mit Güte und selbst mit einer gewissen Ehrfurcht auf, und jedermann begrüßte ihn als nahezu ausgeschlüpften Priester mit freundlicher Achtung. Doch mutete ihn dieses enge, harmlose Leben schal und lustlos an, die Basen waren langweilig und scheu, und seine Sehnsucht stand nach den blonden Haaren einer Kölner Kaufmannstochter, die er mehrmals im Dom gesehen und mit hoffnungsloser Verehrung betrachtet hatte. Denn diese, das sah er wohl, würde niemals, selbst wenn sie ihn liebte, ihn von der Gasse weg zu ihres Vaters Hinterhauspforte hereinrufen.

Die alte Zeit sprach in der Heimatstadt nirgends einladend zu ihm. Wohl erinnerte er sich der Knabenzeit, der Soldatenschlachten, jenes vermeintlichen Totschlags und seiner

Flucht in den Wald, aber das alles lag fern, gleichgültig und abgetan in der Vergangenheit, die für junge Leute so wenig Sinn hat, und zeigte ihm nur, daß er diesem Leben und diesen Orten fremd geworden sei und hier nichts mehr zu suchen habe.

Nachdem er einige Tage in solchen unfrohen Gedanken herumgezogen war, zog ihn ein leiser Drang talabwärts nach dem Kloster, bei dessen Anblick ihm die frühere Zeit stärker und inniger heraufgrüßte. Nicht ohne Bewegung trat er ein und fragte nach seinem alten Lehrer. Er wurde zum Pater Paul gebracht, der in seiner Zelle schrieb und ihn, den er sofort erkannte, mit der alten Munterkeit lateinisch begrüßte. Doch fand er ihn stark gealtert und gelb im Gesicht geworden.

Im Gespräch mit dem Pater tauchte, sobald die erste Neugierde gestillt war, bald wieder die alte Philosophenfrage auf.

»Nun, mein Sohn, wie schaust du denn jetzt das Leben an? Sind es noch die alten Rätsel oder sind neue draus geworden?«

»Ich weiß nicht«, sagte Berthold zögernd. »Ich habe nicht mehr viel an diese Sachen gedacht, und ich bin überhaupt kein Philosoph. Schließlich muß ja ich die Weltordnung nicht verantworten. Aber daß sie vollkommen sei, kann ich nicht glauben.«

»Hast du dort in Köln solche Erfahrungen gemacht?«

»Keine besonderen. Ich habe nur gesehen, daß Gelehrsamkeit nicht fröhlich macht, und daß man ein Schelm und Lump und dabei doch Priester, Abt, Kapitelherr und alles mögliche sein kann.«

»Was soll ich dazu sagen? Das Kleid und Amt kann nichts dafür, daß auch Schelme darin stecken. Und es ist schwer zu urteilen. Gott braucht sie alle, auch die Schlimmen, zu seinen Zwecken. Es haben schon Unwürdige viel Gutes gestiftet, und Heilige haben schon viel Jammer in die Welt gebracht. Denk an den Pater Girolamo in Florenz, von dem ich dir früher erzählte!«

»Ja, ja, wohl. Ich wollte damit eigentlich nichts weiter sagen, es steht mir auch kein Urteil zu. Es wird auch wohl so sein, daß die ganze Welt in guter Ordnung ist und daß es nur bei mir fehlt.«

»Schon wieder so bitter? Kannst du mir

nicht sagen, wo es dir eigentlich fehlt? Vielleicht ist ja doch ein Rat möglich.«

»Ihr seid gütig, ich danke Euch. Aber ich habe nichts zu sagen. Ich weiß nur, daß das Menschenleben Besseres in sich haben muß, als was ich davon kenne, sonst ist es nicht Mühe wert, davon zu reden und es zu leben.«

»Vielleicht hättest du nicht Geistlicher werden sollen.«

»Vielleicht . . .«

Berthold wurde mißtrauisch. Er hatte nicht im Sinn, des Alten Rat zu suchen, und noch weniger, ihm zu beichten. Aber während dieses Gespräches erhob sich Sehnsucht, Ungestüm und wilde Lebensbegierde in ihm heißer und hoffnungsloser als jemals. Er sah dem Kölner Wohlleben bei gestohlenem Wein und gefälschter Liebeslust, das ihm so süß eingegangen war, auf den trüben Grund seiner törichten Wüstheit und spürte sein ganzes vergangenes und gegenwärtiges Leben als einen widrigen Geschmack im Munde. Da war er nun siebzehn Jahre alt, groß und stark, gesund und auch nicht dumm, und wußte nichts Besseres zu tun als mit bleichen Buben Latein zu lesen und Scholastik zu lernen, ihre kleinen dummen Streiche mitzumachen und bestenfalls einmal ein entbehrlicher Pfaff zu werden, der seine Messen liest, eine gute Tafel hält und von der Liebe die Brocken frißt, die andere übriglassen, oder sich am sauren Ruhm einer unfreiwilligen Heiligkeit genügen läßt. Er vergaß, daß das durchaus nicht jedes Priesters notwendiges Los ist, er übertrieb mit mißmutiger Selbstquälerei und fand eine bittere Lust darin, sich selbst, sein Leben, seinen Beruf und alles, was ihn anging, schlecht und lächerlich zu machen.

Vom Pater nahm er höflichen, doch kühlen Abschied und hielt sein Versprechen, ihn bald wieder aufzusuchen, nicht. In verdrossenem Plänemachen beschloß er bald, davonzulaufen und alles Gewesene liegenzulassen, bald auch, nach Köln zurückzukehren, um nur die schöne Blonde, sei es auch ohne Hoffnung, wiederzusehen.

3

Als Berthold am Urbanstag nach Köln zurückkehrte, konnte man dort nicht finden, daß der Besuch in der Heimat gute Früchte getragen habe. Da er zu der schwarzen Barbara unter keinen Umständen mehr gehen wollte, schuf die Unterbrechung des gewohnten Vergnügens ihm je länger je mehr Qual, und da ihn zugleich die blonde Kirchengängerin mit allem grausamen Reiz des Unerreichbaren anzog und beschäftigte, ließ er die Schule Schule sein und hörte allen Mahnungen, strengen wie sanften, teilnahmslos zu, so daß er in kurzer Zeit seinen Lateinerruhm verlor und unter die mäßigen, ja schlechten Schüler geriet. Seine brachliegende Kraft bedrückte ihn, und die hübsche Kaufmannstochter ging, an seiner stummen Leidenschaft vorbei, hübsch und geschmückt in die Kirche und aus der Kirche, ohne ihn nur zu sehen. Der leichte Sieg über die Magd, das sah er nun, war kein Sieg gewesen.

In dieser Zeit schloß er sich wieder dem eleganten Johannes an, der in seiner höflichen, unverbindlichen Freundlichkeit immer zugänglich war. Eines Tages hatten sie wieder einmal philosophiert, mehr zum Zeitvertreib als aus Bedürfnis. Da sagte Berthold: »Ach, was reden wir! Das hat ja alles keinen Sinn und ist dir so wenig ernst wie mir. Ob es Cicero heißt oder Thomas von Aquin, es ist alles Gefasel. Sag du mir lieber, was du eigentlich vom Leben denkst! Du bist ja so zufrieden, warum eigentlich? Was versprichst du dir vom Leben?«

Johannes schaute ihn interessiert aus seinen lang bewimperten, kühlschönen Augen an. »Vom Leben verspreche ich mir viel – oder wenig, wie du willst. Ich bin arm, ein Kind sine patre, und ich habe im Sinn, reich und mächtig zu werden. Vor allem mächtig. Ich werde mich nie in eine Pfarre setzen, sondern in Hofdienste gehen, wo man gebildete und verschwiegene Leute braucht, und werde Macht über Menschen gewinnen. Ich werde mich so lange bücken, bis man sich wird vor mir bücken müssen. Dann werde ich auch reich sein und Häuser, Jagd, Seidenkleider, Frauen, Gemälde, Pferde, Diener haben. Aber das ist Nebensache, die Hauptsache ist Macht. Wer mich liebt, soll Geschenke haben; wer mich haßt, soll sterben. Das ist, was ich haben will und haben werde; ich weiß nicht, ist es viel oder wenig.«

»Es ist wenig«, sagte Berthold. »Du teilst

dein Leben in zwei Hälften: eine Zeit der Dienstbarkeit, eine Zeit der Herrschaft. Die erste wird lang sein, die zweite kurz, und deine Jugend geht unterwegs verloren.«

»Jung bleiben kann keiner. Und ich bin auch gar nicht jung. Ich habe keine Eltern, keine Heimat, keine Freiheit gehabt, ich bin immer andern zu Dienst gewesen, das ist keine Jugend. Ich habe seit meinem zehnten Jahr keinen anderen Gedanken gehabt, als mächtig zu werden und meine Dienstbarkeit auszulöschen. Ich bin ein guter Schüler, ein guter Kamerad, ich bin den Lehrern gefällig, dem Alten gefällig, Adam gefällig, dir gefällig.«

»Aber du bist auch mit uns im Keller gewesen.«

»Ich war auch mit euch im Keller. Ich habe auch bei der Dame des reichen Prälaten Arnulf geschlafen, was mich den Hals hätte kosten können, nicht weil ich es wollte, sondern weil sie es wollte.«

»Und das erzählst du mir!«

»Ja. Du wirst es niemand sagen, das weiß ich. Ich kenne dich. Du bist nicht gut, du bist vielleicht sogar schlechter als ich, aber du wirst es nicht weitersagen. Ich bin mit Adam besser befreundet als mit dir, aber ich würde ihm nie so etwas sagen.«

»Es ist wahr!« rief Berthold verwundert. Staunen und beinahe Schrecken kam ihn an, daß dieser Mensch, neben dem er zwei Jahre gelebt hatte und der ihm als ein kluger, doch leicht zufriedener Bursche erschienen war, innen so aussah.

»Johannes«, rief er ergriffen, »ich habe dich ja gar nicht gekannt. Ich dachte immer, ich allein sei mit dem ganzen Leben unzufrieden und mache mir schwere Gedanken. Wie hast du das nur so allein mit dir tragen können?«

Johannes sah ihn lächelnd an, mit dem leichten Spott im Blick, der ihn nie verließ. »Durch Reden wird nichts anders. Ich habe auch nicht zu klagen, es geht manchem andern schlimmer. Du bist ein Kind, Berthold. Und verliebt bist du auch, nicht? Laß uns ein wenig davon reden.«

»Ach wozu? Du kannst mir doch nicht helfen.«

»Wer weiß? Vielleicht brauchst du einmal einen Boten, oder einen Spion. Du weißt ja, ich bin dienstwillig.«

»Warum eigentlich, wo es dir doch nichts nützt! Von mir hast du doch keinen Vorteil zu erwarten.«

»O das weiß man nie. Du bist zum Beispiel sehr stark, das ist schon viel wert. Aber im Ernst, erzähl mir ein wenig!«

Berthold widerstand nicht. Er gab Bericht von dem blonden Bürgerkind, beschrieb ihr Aussehen und ihren gewohnten Platz in der Kirche. Ihren Familiennamen wußte er, den Vornamen nicht.

»Ich kenne sie nicht«, meinte Johannes, »du mußt sie mir einmal zeigen. Ich fürchte, da wird wenig zu machen sein, Bürgertöchter lassen sich selten auf Liebschaften mit unsereinem ein, die wollen heiraten. Nachher, als Frauen, sind sie nimmer so genau.«

»Rede nicht so«, bat Berthold. »Ich will nicht von der Frau eines andern geliebt werden, das ist kaum besser als man hält es mit der Barbara. Warum soll ich nicht, wie alle jungen Leute, ein liebes Mädchen für mich allein haben?«

»Warum soll ein feines, schönes Mädchen sich dir an den Hals werfen, da du sie nicht heiraten und ihr nicht einmal Geschenke machen kannst? Die müßte ja toll sein. Du verlangst zu viel, Junge. Außerdem ist es eine schöne Sache, Liebhaber oder Ehemänner eifersüchtig zu machen, es ist vielleicht so schön wie die Liebe selber. Du darfst dich nicht mit anderen ›jungen Leuten‹ vergleichen. Man kommt zu Schaden, wenn man Tatsachen übersieht. Wir tragen den schwarzen Rock und haben davon so viel Vorteile, daß wir die paar Nachteile schon in den Kauf nehmen können.«

»Die paar Nachteile, sagst du, wenn man auf die Liebe verzichten soll!«

»Nun, was haben denn die Weltlichen für eine Liebe? Sie haben das Vorrecht, ihre Geliebte heiraten zu dürfen oder zu müssen und sie dann samt allen Kindern zeitlebens bei sich haben zu müssen. Im übrigen haben sie nichts vor uns voraus. Wenn deine Blonde dich nicht mag, so kannst du geistlich oder weltlich sein, es hilft dir nichts. Und wenn du meinst, es liege am Heiraten – da müßtest du erst noch erklecklich Geld haben. Einem armen Manne bleibt nichts übrig, als entweder die zu nehmen, die kein anderer haben will, oder ledig zu bleiben.«

»Man kann doch auch einander liebhaben und an das Geld und all das Zeug gar nicht denken.«

»Gewiß, das tun sogar die meisten Verliebten. Aber woran sie nicht denken, daran denken desto pünktlicher der Vater und die Mutter, der Oheim, die Tante, der Vormund oder Vetter. Du bist der falschen Meinung, es gehe anderen Leuten besser als dir, und was dir an Verstand oder Glück fehlte, legst du deinem Stand zur Last. Damit kommst du nicht weit. Und was die Liebe betrifft, so könnte man geradezu sagen, daß nur der Ehelose die wahre Liebe kennenlernt. Wenn eine Frau den liebt, von dem sie nicht Geld, nicht Heirat, nicht Versorgung, nicht guten Namen für sich und ihre Kinder zu erwarten hat, so liebt sie ihn wirklich. Der andere, der ihr das alles bietet, kann niemals wissen, ob seine Frau ihn um seiner selbst willen oder nur wegen dieser Vorteile liebt.«

An diesen Konstruktionen hatte Berthold kein Gefallen. Sie trösteten ihn nicht und sie widersprachen dem, was er selber von der Liebe dachte, im tiefsten Grunde. Er ging nicht darauf ein.

»Du, Johannes«, sagte er nachdenklich, »du hast gesagt, du seiest kein guter Mensch und ich selber sei vielleicht noch schlechter. Was hast du damit eigentlich gemeint? Gibt es wohl überhaupt Menschen, von denen man sagen kann, sie seien gut?«

»O ja, die gibt es, und ich kenne manche. Unser Lehrer Eulogius, so lächerlich er ist, ist ein durchaus guter Mensch, und unter uns Schülern ist der Konrad aus Trier ein solcher. Hast du das nie bemerkt?«

»Du hast recht. Glaubst du, daß diese Leute nun glücklicher sind als wir?«

»Siehst du das nicht? Gewiß sind sie glücklicher, obgleich sie sich kaum ein Vergnügen gönnen. Das liegt in ihrer Natur, und wenn sie ein Verdienst dabei haben, so kann es nur das der Prädestination sein.«

»Glaubst du daran wirklich? Mir ist die Prädestination immer als eine ausgesucht dumme Vorstellung erschienen.«

»Das wäre sie auch, wenn die Welt von der Logik regiert würde. Aber die Logik, die Gerechtigkeit und alle diese scheinbar gesetzmäßigen und tadellosen Dinge sind Erfindungen der Menschen und kommen in der Natur nicht vor. Die Prädestination aber, auf deutsch der Zufall, ist gerade das eigentliche Weltgesetz. Warum wird ein Rindvieh reich und adlig geboren, und ein feiner und tüchtiger Kopf kommt im Armutwinkel zur Welt? Warum bin ich so geschaffen, daß ich ohne Frauen nicht leben könnte, da doch der einzige Stand, in dem ich meine Gaben brauchen kann, der geistliche ist? Warum sind manche schlechte Mädchen schön wie die Engel? Was können die häßlichen, denen niemand Liebe gönnt, dafür, daß sie häßlich sind? Warum bist du, mit deinem starken Herkulesleib, in der Seele unfest und schwermütig? Hat das alles einen Sinn? Ist das nicht alles dumm, Zufall, Prädestination?«

Berthold erschrak. »Aber«, sagte er, »wo bleibt dann Gott?«

Johannes lächelte resigniert. »Das mußt du mich nicht fragen. Das gehört in die Schule, in die Theologische Lektion de Deo.«

»Johannes! Soll das heißen, daß du Gott leugnest?«

»Leugnen? Nein, Lieber, ich leugne nie eine Autorität, nicht einmal den zweifelhaftesten Heiligen. Was hat Gott mit der Philosophie zu tun! Wenn ich über das Leben philosophiere, so ist das nicht eine dogmatische, sondern natürlich nur eine müßige Verstandesübung.«

»Aber es kann doch nur *eine* Wahrheit geben!«

»Nach der Logik, meinst du? Ja. Du bist ein guter und getreuer Logiker. Aber warum soll es nicht drei oder zehn Wahrheiten geben, so gut wie eine?«

»Verzeih, das ist Unsinn. Wenn das Wahre zugleich falsch sein kann, dann ist es eben nicht wahr.«

»Ja, da ist nichts zu machen. Dann gibt es eben weder eine noch zwei, sondern gar keine Wahrheit. Es läuft auch wirklich auf eins hinaus.«

Von da an geschah es häufig, daß die beiden miteinander solche Gespräche hatten. Johannes ging auf Bertholds Fragen stets gelassen und liebenswürdig ein, sobald ihn jedoch Berthold bei einem Bekenntnis festhalten wollte, stellte er alles, was er gesagt hatte, als dialektische Versuche hin und legte keinen Wert darauf, recht zu haben oder ernstgenommen zu werden. Berthold war immer wieder erstaunt, diesen Mädchenfreund und Plauderer, den launigen Geschichtenerzähler und guten Kameraden seine Meinung über die Welt und Menschen darlegen zu hören, die vollkommen skeptisch, kühl und frei von jeder Schwärmerei war wie ein mathematisches Lehrbuch. Johannes ließ jeden Menschen gelten, gute und böse, gescheite und dumme, und sprach jedem einen Wert oder Unwert nur in Beziehung auf sich und seine eigenen Pläne zu. Er verteidigte den geistlichen Stand, ließ es aber dahingestellt sein, ob ein Gott auch außerhalb der Phantasie einiger Kirchenlehrer existiere. Berthold bewunderte bald diese leidenschaftslose Gleichmütigkeit, bald ärgerte er sich über sie, und während er im Herzen immer deutlicher fühlte, daß diese Weltbetrachtung seinem Wesen fremd und feindlich zuwider sei, gewann er doch diese Unterhaltung lieb und gewöhnte sich daran, Johannes als seinen Liebling, ja als seinen einzigen Freund zu betrachten.

Seine Verliebtheit suchte ihm Johannes auszureden. Er lachte Berthold aus, nahm ihn auf lustige Ausflüge mit, empfahl ihm gefällige

Mädchen. Jener aber ließ sich nicht trösten. Das blonde Jüngferlein, dessen Namen Agnes er endlich erfahren hatte, schien ihm begehrenswerter als alle Lust der Erde, er verfolgte sie in den Kirchen mit stummer Glut, träumte von ihr, betete zu ihr und hätte ihr zuliebe ohne Besinnen nicht bloß den schwarzen Rock an den nächsten Nagel gehängt, sondern auch jede gute oder schlimme Tat getan. Er verzichtete auf die flüchtige Liebeslust, die er bei anderen haben konnte, und sah darin ein gern gebrachtes Opfer. Er unterzog sich freiwilligem Fasten, nur um seiner Liebe einen Ausdruck zu geben. Einmal sagte er zu Johannes: »Du weißt ja gar nicht, was Liebhaben ist. Sieh, ich glaube, daß manche Priester ihr Leben lang völlig keusch bleiben, weil sie eine Frau wirklich lieben, die sie nicht haben können und in unehrenhafter Weise auch nicht haben wollen.«

»Das kann schon sein«, meinte Johannes, »es gibt Heilige aller Art, und viele wunderliche. Daß ein Mann einer Frau zulieb, die nichts davon weiß und hat, auf alles mögliche verzichtet, ist schon oft vorgekommen. Sie heiratet, kriegt Kinder, hat Liebhaber, und er darbt und verzehrt sich ohne Sinn. Es kommt vor, gewiß, aber es ist darum nicht weniger lächerlich. Es ist eine Art von Madonnenkultus, und es gibt ja Priester, die wirklich die Madonna wie eine unerreichbare Geliebte verehren. Manche behaupten ganz ernstlich, die Frauen seien überhaupt bessere, heiligere Wesen als wir. Das ist aber falsch, und wenn du mir und aller Erfahrung nicht glauben magst, so sieh dir die Lehren unserer heiligen Kirche an. Manche von den älteren Kirchenvätern haben den Frauen sogar den Besitz einer Seele abgesprochen, und auch die anderen stimmen darin überein, daß das Weib ein minderes Geschöpf und häufig ein Werkzeug des Teufels sei. Ich finde das grausam und bin überhaupt kein Frauenverächter, das weißt du, aber sie nun zu Engeln zu machen und für heilig zu achten, ist doch ein bißchen närrisch.«

Das alles konnte Berthold nicht widerlegen, aber es tat ihm weh und schien ihm falsch und ungerecht. Er hörte auf, mit Johannes von seiner Liebe zu reden, und sah dessen vielen, feinen und geschickten Liebesabenteuern, die er mit tausend Listen anknüpfte und ausführte, mit Wehmut, doch ohne Neid zu. Er trug seine Liebe wie ein auszeichnendes Martyrium, und in den Heiligen und Engeln der Gemälde alter kölnischer Meister sah er Geschwister und Ebenbilder der schönen, zierlichen Agnes, deren Blondhaar und feiner, schmaler Mund durch alle seine Gedanken leuchtete. Oft umschlich er das Haus ihres Vaters, der einen kleinen Handel hatte und ein bescheidener Mann mit einem guten, behaglichen Weinschmeckergesicht war. Er streifte viel durch jene Gassen, erkundete den kleinen Gemüsegarten, sah Freundinnen bei der Agnes ein und aus gehen. Wenn er nun statt eines Klerikers ein junger Kaufmann, ein Schreiberlein, ein Baumeister oder Silberschmied oder nur ein tüchtiger Küfergeselle wäre, dachte er, so könnte er in Ehren ihre Bekanntschaft suchen. So aber war keine Annäherung möglich, da bei seinem Stand jede eine Beleidigung für sie wäre. In seiner Not versuchte er sogar einmal zu dichten. Er begann einen Vers:

Ich weiß ein Mägdelein,
Das ist Agnes geheißen – –

Aber weiter kam er nicht und riß das Blatt in Fetzen.

Unterdessen hatte Johannes das Täubchen, wie er die Agnes Berthold gegenüber immer nannte, sich in aller Ruhe und Stille mehrmals betrachtet und den Eindruck gewonnen, das hübsche blonde Köpfchen werde wohl auch für andere als fromme Gedanken zugänglich sein. Sie gefiel ihm nicht übel, und er nahm sich vor, einen Versuch mit ihr zu wagen. Ging es gut, so dachte er den Gönner zu spielen und sie dem unbeholfenen Berthold zuzuführen. Gelang das nicht, so war doch der Versuch und vielleicht eine angenehme neue Mädchenbekanntschaft die kleine Mühe wert. Fäden zu spinnen und Brücken zu schlagen, wo es schwierig schien, machte ihm als einem geborenen Spion und Glücksritter immer ein Vergnügen.

Er stellte mit Vorsicht und ohne Hast Erkundigungen und Untersuchungen an, überzeugt, es werde auch in die Stille dieses kleinen Mädchenlebens irgendein Faden reichen, dessen anderes Ende ihm erreichbar wäre. Er beobachtete die Ahnungslose, erforschte ihre Verwandtschaft, die Zustände in ihrem Vaterhaus, ihre Pflichten und Gewohnheiten. Durch Kameraden, durch Mägde, durch

Freundinnen erfuhr er, was er wollte, denn Johannes hinterließ bei seinen Abenteuern überall Freunde, nie Feinde, und hatte an jedem Finger einen, der ihm gern einen erwiesenen Dienst durch einen ähnlichen vergalt, und sein wohlgeordnetes Gedächtnis vergaß keinen.

Der Faden fand sich denn auch hier. Agnes hatte mehrere Freundinnen, und von denen war eine dem Johannes flüchtig bekannt, und eine andere unterhielt ein Verhältnis mit einem seiner Schulfreunde. Johannes kannte diese Art von Freundschaften zwischen Schülern und Bürgermädchen genau. Es waren keine Liebesverhältnisse, sondern Vorstufen und Anfänge von solchen, die selten lange dauerten und noch seltener zu Ergebnissen führten. Die jungen Leute trafen sich, häufig von willfährigen Dienstboten unterstützt, allein oder auch zu mehreren Paaren auf entlegenen Spazierwegen oder in Gärten, unterhielten sich anständig und waren mit dem schüchternen Genuß dieses heimlichen Sichtreffens zufrieden, wobei das Glück und Wagnis eines Kusses schon für etwas Erkleckliches galt. Es war eine erste schüchterne Umschau im äußersten Vorhof der Liebe, halb schon Abenteuer und halb noch Kinderspiel.

Nun traf Johannes seine Vorbereitungen. Es glückte alles, und er schaute dem Zusammentreffen mit Agnes, obwohl er für Berthold nichts und für sich wenig dabei erwartete, mit einer leichten wohligen Spannung entgegen. Von seinen Plänen hatte er aus Vorsicht niemand gesagt. Mit Adam aber, der sonst in solchen Sachen sein Vertrauter und Helfer war, hatte er gerade vor einigen Tagen Zank gehabt, so daß er mit ihm in einem trotzigen Schweigverhältnis stand, das er wie frühere Male bald und leicht zu kurieren dachte.

Eben dieser Spannung wegen hatte ihn aber Adam beobachtet und wußte zwar nicht genau, doch annähernd, was er im Schilde führe. Er wußte auch, daß es nichts Schlimmes sein konnte; denn daß Johannes ein Bürgerkind aus immerhin gutem Hause zu verführen denke, widersprach dessen vorsichtigen Gewohnheiten, vollends da er den gefährlichen Berthold in sie verliebt wußte. Und wenn er das auch im Sinn gehabt hätte, so würde er es nicht auf diese Weise betreiben, die zu nichts führen konnte und Mitwisser brauchte.

Da also die Sache harmlos schien und Adam doch gern die Gelegenheit wahrnahm, dem Kameraden, mit dem er trutzte, etwas einzubrocken, machte er sich an Berthold, reizte ihn durch Andeutungen und gab ihm schließlich, da er ihn anbeißen sah, sein Geheimnis preis, daß Johannes morgen nachmittag an dem und dem Ort mit Mädchen zusammenkommen werde. Und es werde, meine er, eine dabei sein, die auch den Berthold angehe.

Dieser sah es ungern, daß Adam von seiner Liebe zu wissen schien, mochte aber dessen etwaige Vermutungen nicht noch bekräftigen und enthielt sich darum des Fragens. Er wußte, daß Adam gegen Johannes verstimmt war und nahm seinen Hinweis nicht allzu ernst. Doch sind Verliebte, namentlich unglückliche, immer mißtrauisch, und er konnte sich wirklich eines Argwohns, den er freilich als ein Unrecht gegen Johannes empfand, nicht ganz erwehren. Darum beschloß er, ohne dem Adam indessen für seine Mitteilung zu danken, sich die Sache morgen anzusehen.

Als Johannes andern Tages zu dem Stelldichein ging, folgte ihm Berthold aus der Ferne. Er sah ihn an einer Ecke warten, sah einen Kameraden zu ihm stoßen und die beiden plaudernd weitergehen, bis an den Rhein hinab. Dort verschwanden sie in einem ummauerten Garten, dessen Tor sie hinter sich schlossen. Berthold wartete eine Weile, dann erstieg er die Mauer an einer Stelle, wo sie vom Garten her von einem hohen Holunderbaum überragt wurde.

Da saß er geschützt in der Höhe, von der er den Garten leicht überblicken konnte. Die beiden Schüler sah er nicht, auch sonst niemanden, doch merkte er bald, daß die Gesellschaft sich in einem Gartenhäuschen befand, das von Laub umwachsen war und keinen Blick einließ. Er hörte von dort her Stimmen, unter denen er die des Johannes erkannte, doch waren die Gespräche nicht zu verstehen, und nur hin und wieder klang ein leises Lachen herüber. Ein großer Birnbaum nahm die Mitte des Gartens ein, in schmalen Beeten wuchsen Bohnen, Lattich und Gurken, von denen einige, groß und nahezu reif, auf den Sandweg heraushingen. Weiterhin standen junge Obstbäume in einem kleinen Grasgelände und da und dort ein Beetchen voll Blumen, Rosen, Levkojen und Rosmarin, die den stillen Raum mit einem leisen, sonnenwarmen Duft erfüllten.

Berthold saß geduldig auf seiner Mauer, vom Holunder geborgen, und sah müßig in den Gartenfrieden hinab. In der Sonnenwärme kauernd, schaute er die Beete und Blumen, die jungen Bäume und ihre stillen Schatten an, roch den Blumenduft und atmete vertrauliche Gartenlüfte, die ihn leise an die Heimat und frühe Kindheit erinnerten. Es kam eine Müdigkeit über ihn, die in seinem Herzen zur Wehmut wurde. Da hing er allein und ausgeschlossen, ein ungebetener Zuschauer, auf seiner Mauer, indessen drinnen sein Freund Johannes und andere frohe junge Leute ihr Vergnügen hatten.

Eine gute Weile verging so, und er dachte daran, sich zu entfernen, da er sich dieses traurigen und wenig ehrenhaften Lauerns zu schämen anfing. Allein jetzt klangen die Stimmen lauter, er hörte, daß man sich in der Laube erhob, und nun trat jener Schüler heraus und neben ihm ein Mädchen, das ihm nicht unbekannt erschien. Bald erinnerte er sich, daß es eine von Agnesens Freundinnen war, und er erschrak und wunderte sich, sie hier zu sehen. Denn er wußte nur, daß Johannes, in Liebesgenüssen erfahren, es bei seinen Unternehmungen nicht auf harmlose süße Reden absehe. Gespannt und atemlos lauschend, spähte er hinab.

Und er hatte kaum einige Augenblicke gewartet, da trat aus der Laube auch sein Freund hervor und neben ihm rot und ängstlich ein schlankes Mädchen mit blondem Haar, und da sie sich zur Seite wandte, sah er ihr Gesicht und erkannte Agnes. Das Herz stand ihm still, und er meinte zu fühlen, wie es ihm von einer fremden Hand aus der Brust genommen ward.

Erblaßt und kaum noch seines Bewußtseins mächtig, hielt er doch mit Gewalt an sich, verbarg sich sorgfältiger und beobachtete mit brennenden Augen. Er sah Johannes mit zierlichen Bewegungen, mit seinen lang bewimperten Augen und seinem fein lächelnden, frauenhaften Munde zu Agnes gewendet, die still und schüchtern neben ihm schritt. Er sah seinen lächelnden Blick höflich und überlegen auf ihrem zarten, verwirrten Angesicht ruhen und sah, wie er mit leisen Worten auf sie einredete. Und er mußte, so wenig ihm jetzt an Gleichnissen lag, an die Schlange denken, den Verführer von Anbeginn.

Dann ließ er sich lautlos außen an der Mauer hinabgleiten, schaute sich um und versteckte sich in der Nähe hinter einem alten Boote, das geborsten nicht weit vom Ufer im Trockenen lag. Da hörte er das Wasser ziehen und die Rufe der Schiffsleute, sah Eidechsen im Grase und kleine wimmelnde Asseln im faulenden Boden des Nachens spielen, aber es war alles unwesenhaft und nicht wirklich und ging an seinen Sinnen wie ein Traum oder Bildnis vorbei. Der Strom floß dahin, und mit ihm floß Bertholds Vergangenheit, alles schattenhaft und nur im Traum gelebt, von gleitenden Wellen gleichgültig hinabgespült, zu Nichts geworden und keines Nachdenkens wert. Sein Entschluß war gefaßt, und außer ihm war nichts Lebendiges und Wirkliches mehr vorhanden.

Es ging eine Zeit hin, vielleicht eine Stunde, vielleicht viel weniger, da tat sich die Gartenpforte auf. Der Kamerad des Johannes kam heraus, schaute sich um und ging davon. Berthold lag geduckt auf der Lauer. Nach einer kleinen Weile öffnete sich das Tor von neuem und es kamen die beiden Mädchen, machten befangene Gesichter, lächelten aufatmend und gingen miteinander stadteinwärts. Berthold sah ihnen nach und verfolgte die schmale Gestalt der Agnes mit einem langen Blick. Dann schaute er rings umher. Es war kein Mensch in der Nähe.

Und wieder ging die Pforte auf, und Johannes kam heraus. Er zog das Tor zu, verschloß es und steckte den Schlüssel in die Tasche. In diesem Augenblick warf sich Berthold über ihn, mit einem weiten Sprung, und hatte ihn mit beiden Händen an der Kehle, noch ehe er schreien konnte. Er zog ihn zu Boden, sah ihm ins Gesicht und drückte die Hände fester zu. Er sah ihn blaß werden, rot werden, sah seine Augen groß und stier hervortreten und auf seinem Munde das alte Lächeln erstarren und zu einer dummen Grimasse werden. Berthold hielt ihn, der verzweifelt um sich schlug und mit allen Gliedern rasend zuckte, mit ruhigen Händen fest, er sagte kein Wort und schlug nicht und tat keine unnütze Bewegung, er spannte nur die Finger fest um den zuckenden, schwellenden Hals und hielt wartend fest, bis es genug war.

Dann blickte er um sich und überlegte, wohin er den Körper tun müsse. In den Rhein, dachte er, aber da wäre er zu schnell gesehen worden. So trug er ihn zu dem alten Boot und legte ihn darunter, und dann ging er heim.

Es war ihm ganz anders zumute als damals in der Knabenzeit, da er den Spielkameraden getötet zu haben glaubte. Seine heutige Tat war ein wirklicher Totschlag mit Willen und Überlegung vollbracht, und er bereute sie nicht. Wohl tat es ihm bitter leid, daß es gerade seinen einzigen Freund hatte treffen müssen. Aber da nun doch sein bisheriges Leben zerstört war, tat es ihm fast wohl, daß es so gründlich und an der Wurzel geschehen war und kein ungelöster Rest hinter ihm blieb. Sein Freund war falsch gewesen, seine Liebe falsch und töricht, sein Beruf verfehlt, und er hatte alles, eines wie das andere, mit eigenen Händen erwürgt und von sich getan. Jetzt galt es zu leben und eine neue Bahn zu finden, vielleicht dieses Mal die rechte.

Vor allem galt es aber, am Leben zu bleiben und sich zu retten. Berthold wußte genau, was auf ihn wartete, wenn ihm die Rettung mißlang. Er wußte, vom Augenblick der Entdeckung an gab es für ihn nur noch Feinde, und sein Tod war ihm sicher. Johannes selber hatte ihm oft genug Gefangennehmungen, peinliche Verhöre und schimpfliche Hinrichtungen mit allen scheußlichen Einzelheiten in seinen Geschichten vorgemalt. Im ersten Augenblick freilich, als ihm der Tote in den Armen hing und die Gartenszene mit der schönen Agnes ihn noch ganz erfüllte, hatte er daran gedacht, alles seinen Gang gehen zu lassen, seine Festnehmung zu erwarten, nicht zu leugnen und lieber den Tod zu leiden als ein Flüchtlingsleben, mit diesen Erinnerungen beladen, hinzuschleppen. Da ihn alles getäuscht und verlassen hatte, schien ihm das Leben keiner Anstrengungen und Opfer mehr wert. Aber das war spurlos erloschen, sobald er von dem Leichnam weg stadteinwärts gegangen war und ihm überall das Leben mit dem vertrauten Gesicht in die Augen blickte. Wenn jetzt die Büttel ihm schon auf den Fersen und an kein Entrinnen mehr zu denken gewesen wäre, er hätte sich doch zur Wehr gesetzt und das nackte Leben mit den Zähnen verteidigt.

Ein verzweifelt kühler Mut machte ihn besonnen und vorsichtig. Er war entschlossen, falls sein schnell gefaßter Plan mißlänge, jeden Feind seine Kraft fühlen zu lassen und sein Leben teuer zu verkaufen. Darin ward er ruhig und besorgte das Notwendige mit kühler Miene und ohne Hast.

Es war noch nicht Abend, da wanderte er gemächlich aus der Stadt, mit seinem schwarzen Röcklein angetan, darunter aber in einem bäuerischen Leinengewand und mit zwei Talern versehen. Rheinaufwärts wehte ein kräftiger Abendwind, und als in Köln die Glocken zu läuten begannen und Berthold einen Augenblick zurückschaute, sah er die Türme der Stadt schon grau und geisterhaft im abendlichen Dunste stehen. Der schwarze Rock lag längst, um einen guten Kieselstein gewickelt, im Strom. Sein Weg aber ging nach Westfalen, wo er Werber zu finden hoffte, um im Schatten der Fahnen und im Getöse des großen Krieges zu verschwinden.

Hier, wo Berthold den Weg in die Abenteuer des Dreißigjährigen Krieges antritt, bricht die Handschrift ab.